U0501549

鲜花岭上鲜花开

徐贵祥 著

长江出版传媒 长江文艺出版社

图书在版编目（ＣＩＰ）数据

鲜花岭上鲜花开 / 徐贵祥著. -- 武汉：长江文艺
出版社，2020.2
　ISBN 978-7-5702-1381-8

　Ⅰ.①鲜… Ⅱ.①徐… Ⅲ.①中篇小说－小说集－中
国－当代 Ⅳ.①I247.5

中国版本图书馆 CIP 数据核字(2019)第 252537 号

责任编辑：李　艳　　　　　　　　责任校对：毛　娟
封面设计：颜森设计　　　　　　　责任印制：邱　莉　　胡丽平

出版：长江出版传媒　　长江文艺出版社
地址：武汉市雄楚大街 268 号　　　邮编：430070
发行：长江文艺出版社
http://www.cjlap.com
印刷：湖北新华印务有限公司

开本：880 毫米×1230 毫米　　1/32　　印张：7.25　插页：1 页
版次：2020 年 2 月第 1 版　　　　2020 年 2 月第 1 次印刷
字数：117 千字

定价：26.00 元

目　录

辑一

鲜花岭上鲜花开

序:向沉睡的英雄问声好

众所周知,大别山是一块神奇的土地。20 世纪 30 年代初,这里拉起了一支如雷贯耳的队伍——中国工农红军第四方面军,这支队伍从大别山打到大巴山,从祁连山转战太行山,在抗日战争、解放战争和抗美援朝战争中,以这支队伍为主体组建的部队屡建功勋。大别山区有红安、麻城、金寨、六安等将军县,六安境内有一个独山镇,家家有烈士,村村有功臣,全镇 16 名开国将军,被称为将军镇。

本世纪初,我回乡探亲,一位前辈带着我遍走皖西山水,一路上给我讲大别山的故事。有次,他指着正在村头闲聊的多名老汉对我说,这些人里面可能就有老红军,当年参加革命,甚至成为连长、团长、师长,后因种种原因隐姓埋名的大有人在。前辈的话让我震惊。从那时起,我重新回过头审视我的故乡,开始了寻找。寻找往日的岁月,寻找当年的足迹,寻找散落在民间的中国革命故事。

在金寨的金刚台,我听说过一个故事:主力撤退后坚持战斗而被打散的一个排的女红军,在山洞里度日并坚持战斗,她们最后的身影消失在一场战斗中,从此无踪无影。可是,在我的感觉世界里,她们并没有消失。有时候,面对西天燃烧的晚霞,我会看见她们;行走在水库浩瀚的水面上,我还会看见她们。

2015 年夏天,我到霍山参加会议,当地负责人介绍情况,一处细节让我久久不能平静:一位中共早期领导人,很早离开了大别山,他的家人则一直在家乡从事基层革命工作,他的母亲是列宁小学的校长,而当时在农民夜校教唱《八月桂花遍地开》的教员,就是他的妹妹。

回到北京,我找到一本《金寨红军史》,想从里面找到那个母亲和妹妹,我想知道她们最后的命运,但我未能如愿以偿。或许,大别山里有更多更有价值的故事,她们被忽略了。欣喜的是,就是从那本书里,我发现了一张《土地革命时期民主建政示意图》,令我浮想联翩。实际上那是一张苏维埃建设规划图,我从图上看到了规划中的流波市区、列宁中学、图书馆、电影院、拖拉机厂、集体农庄、飞机场……也就是通过这张图,我对"中国革命"概念产生了新的认识,我看到了一代人的理想信念,看到了早期革命者的初心,重要的是,我感受到革命同文化、同文艺、同文学的关系。设计绘制这张地图的那群人，不仅是革命者，也是文化人，那张地图不仅显示了政治理想和军事谋略，还长久飘动着浓浓诗意。

当年暑假，我又回到大别山区。细雨蒙蒙的上午，我们乘坐一艘快艇在响洪甸水面上游弋——这个水库，是皖西人民第二次奉献的成果。1949年之后，毛泽东同志发出"一定要把淮河修好"的伟大号召，在这样一个语境下，党和政府组织大兴水利，皖西淠史杭工程星罗棋布，大别山区建起了多座水库，当年红军规划中的"流波市"隐身响洪甸水库。我心中五味杂陈，选择了一个角度，将船头那面簌簌作响的五星红旗拍摄下来。

这次寻访归来，我的手机里一直保存那张照片，每每看见它，我就想起那首产自我的家乡、流传于中国革命征途、影响世界的民歌——"八月桂花遍地开，鲜红的旗帜飘呀飘起来，张灯又结彩呀，张灯又结彩呀，光辉灿烂闪出新世界……"这是为了庆祝苏维埃成立而作的歌，在这喜庆的旋律里，我一直在想，那座想象中的苏维埃城市真的被淹到水下了吗？当年那些扎着绑腿的红军到哪里去了呢？我甚至想象，他们的灵魂并没有离开，也许就在水下行走，住在他们设计中的房屋里，那里真的有图书馆、电影院，还有商铺和茶馆，他们在那里喝茶听戏，打量着水上新近崛起的城镇，看着一代又一代后人生生不息。

2016年暑假，我在脑海里写下一个标题《飘呀飘起来》。在构思的过程中,那些鲜活的人物在我的眼前一一浮现,皖西革命的英雄许继慎、舒传贤、周维炯、旷继勋……当然,最让我心动的,还是鄂豫皖革命的重要领导人之一沈泽民,那个小个子,大胡子,茅盾的弟弟。我之所以对他格外关注,不仅因为他有一颗敢作敢为、严于律己的赤子之心,还因为他是文学家。从沈泽民的肩膀看出去,我又看到了许多牺牲在革命征途上的文学家,比如李大钊、瞿秋白、方志敏……

我感到,我已经找到我的主人公了,我的英雄理想和革命信仰,都将通过这个人物闪亮登场,他的名字叫韦梦为——为什么叫这个名字,我自己也很难说清楚,这个名字可能有太多的元素构成——一句话说到底,这个人物,是一张新面孔,作为文学家的革命者,同时作为革命者的文学家。

我设计了一座古色古香的文化名镇,以它的百年历史为结构主线,以韦梦为的传说、韦梦为继承者的故事穿插,营造出虚拟与现实交相辉映的创作空间,试图走进历史的纵深,去探寻革命与文学、革命与人性、革命与爱情的关系,也许这些理性的思考能为作品引导向一个更大的目标,谁知道呢。我敢说的是,在构思这个作品的时候,我尽量地还原一个作家的真诚,真诚地认识革命,真诚地对待文学,真诚地写小说。

最后要说明的是,尽管多少次热血沸腾,但是,这样一个想法甚多、灵感甚多，冲动甚多的小说，真的写起来，还是举步维艰，屡写屡改，山重水复，走走停停。进入那个神奇的世界，我的耳畔就会不断响起前辈的话语：皖西的一草一木都有故事，一个年迈的农民都有可能是当年的红军或者八路军的英雄。那是一片可以无限开发的文学土地。

就这样写了一年多，还仅仅写了个开头，好在已经成形了几个人物。开头部分韦梦为并没有出现，他只是作为一面旗帜在作品的上空飘扬。作品最初出现的人物叫毕启发，他就是那些被忽略、被淹没、并且被误解的人物之一。但是，英雄就是英雄，青史无名更见英雄本色。在小说的最后部分，当水落石出，毕启发的英雄形象冉冉升起的时候，这位老人，用仅有的清醒说出最后一句话："还有三个。"

还有三个，还有三十个，还有三千、三万、三十万……我们不可能擦亮所有的英雄，但是，我们必须擦亮我们的心，用文字，用文学，表达对英雄的敬重。发现英雄，书写英雄，呼唤英雄，是我的职责所系，也是我的理想信念。作为被人评价为"正面强攻"的军事文学作家，我为自己又发现超出经验之外的战争和英雄，感到由衷高兴。

当我把这部中篇写好后，我似乎看见大别山的沟壑里，几大水库的水面下面，那些英灵从沉睡中走来，集结在鲜花岭上，那首当年的歌声在头顶上方飘荡——"鲜花岭上鲜花开,花开时节红军来,红军来了为百姓,平等世界人是人"。值此中国人民解放军建军90周年之际,我把这部中篇命名为《鲜花岭上鲜花开》,谨用此作品向我们伟大的军队献礼,也向那些沉睡在大山深处、历史沟壑的英雄送去一声真诚的问候。

鲜花岭上鲜花开

一

就像许多成功人士一样，毕伽索也遇到了那个绕不过去的问题，挣那么多钱干什么？ 随着财富和年龄的增长，这个问题越来越是个问题。

毕伽索的事业是从打工子弟小学开始的，然后中学，后来又办了几所职业大学，再回过头来办幼儿园，形成了一个规模较大的民营教育体系。 从报表上看到不断刷新的数字，毕伽索突然觉得哪里不对劲。 是啊，挣那么多钱干什么？ 缺钱的时候这不是个问题，钱多了这就是个问题。 大约从去年秋天开始，一个念头越来越清晰，他想把钱花出去一部分，为故乡干街做点事情。

毕伽索把这个想法对妻子说了，唐多丽以她惯有的思维方式对毕伽索说了三点看法：第一，有钱就烧包，那是诗人。作为一个企业家，理性永远是成功的前提。第二，在家乡做生意，赚了是为富不仁，赔了是搬起石头砸自己的脚。

　　毕伽索对妻子的观点向来嗤之以鼻，但是他又不得不和她商量。和她商量只是一个程序，并不指望她支持。回答唐多丽的反对，他最经常的一句话就是，不要和成功者唱对台戏，成功者是不应该受到指责的。

　　但是唐多丽还有第三，这是在毕伽索彻底忽视她的意见之后被迫说出来的——第三，不要以为你有钱了，你就是人物了，其实在干街人的眼里，你永远是一个逃兵的儿子。

　　唐多丽讲这话是在她动身去美国的头天晚上，这番近乎人身攻击的话语在毕伽索的心头狠狠地插了一刀。要不是她即将背井离乡去给女儿陪读，毕伽索真想给她两耳光子。他忍住了。毕伽索说，老子就是要在干街烧一把钱，要让干街人仰起脑袋看看那个逃兵的儿子。

　　朦朦胧胧中毕伽索有一个想法，在干街的旧址上，为他爹塑一尊雕像，让干街人眼里的所谓逃兵、一个话都说不清楚的小裁缝成为干街的彼得大帝，光照千秋。当然，这只是一时心血来潮，以他目前的地位和心态，他还不至于做这么没文化的事情。

这个夜晚，毕伽索辗转反侧，唐多丽的话对他刺激很大。那个朦胧的想法又一次执拗地蹿了上来，即便不能在干街为他的父亲塑一尊雕像，但是做一点事总是可以的吧。这么多年来，他毕伽索可以不在乎很多事情，但是干街他不能不在乎。在毕伽索的感觉里，即使他混得再体面，如果得不到干街的认可，那种体面就要大打折扣。何况，干街还有个韦梦为呢。

诚然，干街的历史并不是从韦梦为开始的，但是，只要提起干街的历史，就不能不说起韦梦为。从毕伽索记事起，韦梦为这个名字就像星星一样悬挂在他的脑海里，韦家三少爷，中学校长，红军师长，文学翻译家，北上抗日支队司令，这些互不关联的头衔莫名其妙地集中在同一个人的身上，曾经给少年毕伽索带来了无穷的想象。小时候他听大人说，过去的韦家三少，穿西装、喝咖啡都要用外国货，韦家良田遍布三省五县，上海、北平、安庆都有韦家的商号钱庄，号称马行千里不吃别人家的草，人走万里不住别人家的店。民国十六年（1927），韦家遭遇了一场奇特的变故，刚从俄国留学回来的韦梦为被当地的农民绑架，韦家斥资千金赎票，自此之后家业逐年败落。后来才知道，策划绑架韦梦为的，正是韦梦为本人，他把他们家的钱财都捣腾出去买枪了，拉起了一支队伍开进了西边的山区，那支队伍后来成为声名显赫的红九师。红九师师长韦梦为，跟士兵一样穿草鞋吃住草棚，数次抵御了国民党军和军阀的围剿，并且还在根据地建立了苏维埃政权和英特纳尔大学城。直到全面抗战爆发前夕，韦梦为的部队北上途中被国民党军伏击，韦梦为本人在激战中牺牲。

在干街，韦梦为的故事流传很广，他作词作曲的一首歌，毕伽索很早就会唱——鲜花岭上鲜花开，花开时节红军来，红军来了为平等，平等世界人是人……会唱这首歌的时候，毕伽索还不大清楚歌词的含义，他的问题有两个，一个是"平等世界"是什么，为什么那么重要？第二个是，韦梦为那么大的家业，他为什么要去吃那份苦受那份罪？直到考进师范后，毕伽索读到一本俄国小说《苦难英雄》，他才好像明白了，原来韦梦为要当英雄，韦梦为和韦梦为们，要救天下。那本书的译者，正是韦梦为。这个发现让高中生毕伽索激动得泪花闪烁，那天他甚至把自己想象成了韦梦为，他也要救天下。

当然，很快他就发现，他当不了韦梦为，因为他的少年时代别说穿西装喝咖啡，这两样东西他连见都没有见过。再往上讲，他的爷爷是韦氏庄园的挑水工，而他的父亲毕启发，在参加新四军之前，也是韦家的挑水工，尽管那时候的韦氏庄园已经败落了十之八九，也仍然是干街的标志性家族。

几十年过去了，毕伽索凭借独特的眼光和智慧，终于成就了一番事业，财富总量甚至超过了当时的韦氏庄园，但是，他还是没有办法跟韦梦为相比，韦梦为的事业天大地大，而他的事业再大，也不过是一个民营企业家。他之所以把他的企业注册为梦为集团，感情是非常复杂的。

农历二月上旬，妻弟唐斌在电话里给他讲了一个笑话，前不久退休干部乔大桥回到干街，发了一通牢骚，说街道不能建在公路两边，电线不能架在房顶，还说希望部分恢复干街过去的光景，在十字街搞一个唐宋村，健全空巢老人和留守儿童的教育和服务设施。副县长韦子玉还为这件事情到干街，跟苗老师要走了唐宋时期的干街图。

乔大桥，毕伽索认识，老县委书记乔如风的儿子，当过军分区司令，过去一直是干街人羡慕的对象，如今也解甲归田了。毕伽索突然在电话里哈哈大笑，对唐斌说，啊，那个乔大桥，站着说话不腰疼啊，你要是见到他，给我带个好，问他愿不愿意到梦为集团工作，给我当工会主席。唐斌似乎吃了一惊，什么，姐夫你说什么，让乔大桥给你打工？毕伽索说，如果他愿意来，我给他开的报酬是他工资的十倍。唐斌说，姐夫你开玩笑，乔大桥，乔司令啊，给你民营企业打工，这不可能。毕伽索说，一切皆有可能，有钱能使鬼推磨，有钱也能让磨推鬼。

当然，这话只是说说，说说就过去了，唐斌没有当真，毕伽索自己也没有当真。

就在跟妻弟通话不久，毕伽索又接到干街小老弟韦子玉的电话，说他近日要到深海市拜访毕伽索。

韦子玉是受县政府委派，专程到深海招商引资的。县里决定在干街兴建文化街，需要钱。韦子玉首站拜访毕伽索，足见毕伽索在干街商人中的大佬地位。老乡见老乡，两眼泪汪汪，那几天，说不完的乡情喝不完的酒，行则同车，卧则邻榻。有一回，两个人醉了之后，又带上一瓶茅台到房间喝醒酒酒，果然越喝越清醒。毕伽索说，我总觉得，咱们的干街就是一座城市，在历史上曾经很风光的。有时候梦里回到干街，看到的是圆柱拱顶建筑，高大巍峨，好像欧式风格。

韦子玉醉眼蒙眬，扯过自己的皮包，连扯带拽找出一张复制的图纸，在毕伽索面前摇晃，老大哥你看，这就是干街的过去，宋朝年间，设州治，文峰州。

毕伽索接过图纸，仔细端详，隐隐约约可见天穹一座尖塔刺破晨曦，一条大河由远及近，河面帆影点点，岸边楼宇鳞次栉比错落有致。近处是一个阔大的庭院，花木葳蕤，绿荫深处，掩映灰楼一角。

看清楚了吧，这就是传说中的韦家大院。韦子玉斜着眼睛，在茅台的氤氲中睨视毕伽索。

韦子玉是韦梦为的侄孙，韦氏庄园的传人，毕伽索感觉这个小老弟今天跟他讲干街的历史，隐隐流露出一丝优越感。毕伽索不悦地说，就是说，这就是你们家的老宅。那我们家呢，在哪里？

喏，这里。韦子玉伸出一个指头，戳在照片的一角，这里，你们毕家，在"干"字下面一横的左下边，二十世纪六七十年代，这里叫工农兵成衣店。

毕伽索怔怔地看着韦子玉，酒醒了大半。他回忆起来了，十字街东南角，是成衣店，他的残了一条腿的父亲毕启发是这个成衣店唯一的男性，夹杂在六七个中老年妇女中间，尽管有个技术员的头衔，实际上就是量尺寸剪布。小学四年级那年，有一回放学从成衣店门口过，韦子玉的二哥韦二毛喊了一声，看，毕得宝的爹——那当口，他的名字还叫毕得宝——毕得宝看见他爹肩膀上搭着一溜蓝布，弯腰哈背正在一个妇女的身上上下丈量，然后一高一低地走到案子前面，拿粉笔在布上左画一道右画一道，那副模样，简直就是一个小丑。毕得宝不知道那里来的火气，冲上去揪住韦二毛，两个人打得不可开交。韦二毛一边挣扎一边大喊，我又没说你什么，你怎么打人啊！毕得宝一言不发，只是揪住韦二毛不松，后来还是毕裁缝听到动静，踮着鸡步奔出来，把毕得宝拉开，照他脸上就是一顿老拳，这才把风波平息下来。

多少年打拼在外，什么都有了，但在毕伽索的骨子里，总感觉还缺什么，毕裁缝的名号，是毕家压在他身上的第二座大山。如今韦子玉提到工农兵成衣店，让他心里很腻味。毕伽索说，你什么意思？你是提醒我，你们家书香门第，毕家血统低贱是不是？

韦子玉哈哈大笑说，大哥，你想多了，我只是回忆你们家的位置。

毕伽索冷冷地说，我们家住在西头，不住成衣店。

韦子玉说，那是我无知，我原来以为你们家就是成衣店，成衣店就是你们家。

毕伽索不吭气。韦子玉明白了，讲干街的历史可以，讲干街人的身份地位，对毕伽索来说是个敏感话题。

韦子玉坐起来说，这些年我在县里工作，同政协文史办的人打交道，把干街的历史搞了差不多，原来我们干街，有五大家族，韦、戈、乔、毕、洪，你们毕家排在第四，退回一百五十年，干街毕家也是方圆百里的望族。

毕伽索吃了一惊，问韦子玉，你说的是真的？

韦子玉揉着眼睛说，假作真时真亦假，大哥，你要相信，这就是真的。你要是不相信，我也没有办法。问题是，你愿意相信是真的还是假的？

毕伽索觉得韦子玉的话有点绕，似乎暗含着玄奥。但那天夜晚，他没有再问下去，在酒精的作用下，两个人前赴后继地进入梦乡，扯着很响的呼噜，嘴角挂着向往的傻笑，很幸福地度过了一个美好的夜晚。

第三天下午，毕伽索安排韦子玉参观他的梦为集团，然后在毕伽索的办公室喝茶。韦子玉感到时机已经成熟了，但是他没提乔司令回干街的事，也没说唐宋村的事，只是把县里关于在老街兴建文化街的意向和盘托出，说完之后，就等着毕伽索拍手叫好，慷慨解囊。可是他想错了，他从毕伽索的脸上没有看出惊喜，而是看到了一种奇怪的表情。毕伽索说，你们搞这些东西有什么意思？

韦子玉说，建设啊，乡村文化建设啊！

毕伽索略微思考了一下，意味深长地说，哦，乡村文化建设，名目很好，可以考虑赞助，十万八万的没问题。

韦子玉怔了一下，冲口说道，毕总，就连乔司令那样拿工资的退休干部，都拿了十八万给老街买变压器，你这么大个老板，只拿十万八万的，说得过去吗？

毕伽索说，你们那个文化街，其实就是个面子工程，没有什么实际意义，我不能把钱扔到水里，老弟你说是不是？

韦子玉说，怎么叫面子工程呢？它有文化价值，也是长远价值。再说，就从眼前看，文化街一建成，就会带动老街的综合发展，改变乡亲们的生活状态。你知道那里还有多少空巢老人和留守儿童吗？

毕伽索说，改善群众生活是你们政府的事，我要是把这个事做了，不是夺你们的饭碗吗？

韦子玉这才发现自己过于天真了，太不了解资本家了。韦子玉说，毕总你这样说我很难受，社会转型时期，问题太多，政府也不是万能的，有些事情，我们确实需要借助社会力量。

毕伽索一声冷笑，提高嗓门说，借助社会力量？乔大桥回去讲几句大话，你们就当真了。说好听一点是书呆子，说白了就是拿个鸡毛当令箭。他乔大桥算什么，他有什么资格对干街指手画脚？

韦子玉没想到毕伽索会发那么大的火，意识到这件事情很复杂。他曾听说，乔司令和毕伽索因为父辈的原因，有些芥蒂，看来不是空穴来风。韦子玉解释说，兴建文化街，不是乔司令的主意，而是县里的规划。乔司令只是说，街道不应该建在马路两边，街道要像街道的样子。

毕伽索从鼻子里哼出一声，为什么街道不能建在马路两边？难道建在深山老林就能提高生活质量了？奇谈怪论。他一个当兵的，脑子简单，你们也跟着起哄，莫名其妙。

韦子玉基本上绝望了，怀着最后的希望说，那，我们的文化街，毕总到底支持不支持？

毕伽索说，我为什么要支持？我支持了，我能得到什么？

韦子玉盯着毕伽索，克制地问，毕总，你想得到什么？

毕伽索哈哈一笑说，如果你们能把我爹的像挂在文化街上，我可以拿出一个亿来。

韦子玉终于忍无可忍了，提高嗓门说，毕总，我尊重你，但是我也提醒你，文化街是爱国主义教育基地，是文明发展的象征。别说你拿一个亿，你就是拿出一百个亿，我也没有办法把令尊的塑像立在文化街上。

毕伽索说，那不就得了吗，我怎么会拿钱给别人捧臭脚呢？老弟，恕我直言，这件事情我不能帮忙。不过，我答应给老街赞助十万元，说话算数，明天我就让财务转账。

韦子玉没有吭气，显然，这个结果不是他理想的。

毕伽索顿了顿又说，这笔钱，你们得用到正处，可不能让它打水漂了……

毕伽索话还没有说完，韦子玉已经站了起来，冷冷地看着毕伽索说，毕总，你那十万元钱给叫花子吧。毕总，请你记住，你也曾经是个穷人。

毕伽索也站了起来，想拦住韦子玉，老弟，你听我说完，我有我的难处……

韦子玉淡淡一笑说，那还说什么呢？没有你的臭钱，干街照样能过上好日子，而且是干干净净的好日子。

韦子玉说完，扬长而去。

二

直到韦子玉的脚步声消失在楼道里，毕伽索才反应过来，赶紧派人去追。追是追上了，但是韦子玉坚决不回来，挡也挡不住，不由分说地上了出租车。到了晚上八点钟，还是没有找到韦子玉，毕伽索估计，韦子玉已经上飞机了。

毕伽索琢磨韦子玉传递的信息，那个文化街，主体工程是名人墙。也就是说，政府更关注的是对红色资源的开发和利用。干街确实是个特殊的集镇，除了韦梦为，在二十世纪抗战时期又出了一个洪文辉，当时是梦为中学的校长，就地拉起了一支队伍，带到新四军，洪文辉担任这个团的团长，二十年后当到淮上省的省长。再往下，就数到于诚志了，于诚志抗战时期是洪文辉手下的连长，是西华山战役赫赫有名的英雄。当然，有了这几个人，又带出一批人，所以说，在干街，最不缺的就是名人，大大小小十几个，就连毕伽索的爹也是，尽管是反面的。

抽了两根烟后，毕伽索给他的中学同学戈德福打了电话，让戈德福打探干街文化街的进一步情况。戈德福在家乡淮上市做文化生意，以文化的名义同很多官员有来往。

没过多久，戈德福的电话就回了过来，他告诉毕伽索，这次修建干街文化街，不仅县里和市里高度重视，连省里也很重视，副省长何敏亲自勘察了地形，确定文化街的位置，在韦氏庄园旧址。据说这是整个淮上地区红色旅游战略格局的一部分。

毕伽索这才真正地后悔起来，他觉得今天下午同韦子玉的争论，确实因小失大。为什么他会那么反感呢，原因有两个，一个是家乡建文化街，可能会把一些尘封的历史抖落出来，这是他极其不愿意看到的。第二就是因为乔大桥。当年他爹毕启发和乔大桥的爹乔如风同时跟随洪文辉参加新四军，在茅坪战斗中还配合着打死一个鬼子，两个人一道当了排长。可是后来，在西华山战役中，他爹一念之差，当了逃兵，而乔如风则在战斗中，带领最后的三名战士诱敌深入，完成了阵地阻击任务。这以后，两个人的命运天壤之别，乔如风在二十世纪六七十年代，是皋唐县的县委书记，而毕启发则终生蒙耻，在干街当个小裁缝，最后连话都不会说了。毕伽索记得，小时候乔大桥从县城回到干街爷爷奶奶家度暑假，穿着海魂衫，让他羡慕极了。那时候他不止一次想过，为什么逃跑的不是乔大桥的爹，或者说，为什么他的爹不是乔如风而是毕启发，真乃时也命也。

天色渐渐暗了下来，从三十六层楼看出去，身下波光粼粼地闪烁着霓虹灯，这让毕伽索没来由地生出一阵伤感。唐多丽到美国陪女儿度暑假去了，这段时间毕伽索享受未婚待遇。直到楼道清洁工从门外闪过，他才想起晚上还没有吃饭。按了一下电铃，那边很快出现亓元的声音，毕总，我在。

他怔了一下，我在？不知道为什么，最近一个时期，这个听了七年的声音常常让他感到陌生。这个像谜一样的女人，居然在他身边坚持了七年。七年啊，窗外的马路变窄了，树木变高了，云彩变少了，可是她还像当初进门那样，不言不语，悄无声息，除了二十五岁变成三十二岁，她简直就没有怎么变化，甚至连男朋友也没有，没有听说过她在感情方面的任何信息。她近乎吝啬地经营着她的美貌，而又近乎挥霍地使用她的才智，她用她的才智保护了她的美貌。她在干什么，难道她想把自己修炼成一个圣女？

三

毕伽索第一次见到亓元，是接受电视采访。当时她即将从新闻系硕士毕业，在电视台实习。在断续的访谈中，毕伽索先后四次注意到一个身材高挑的女孩，并看清了她胸牌上的"亓元"两个字。女孩形象端庄，眼睛里始终闪烁一丝平静的微笑，略黑的脸庞泛着健康的光泽，透着自信，看着舒服。离开电视台之前，跟送行的人打过招呼后，毕伽索向跟在后面的亓元大大咧咧地打了个招呼，丫头，你过来。亓元便微笑着向前走了两步。

你这个姓怎么念？

亓，和整齐的齐同音。

几天之后，毕伽索安排副总董华民去电视台找亓元，要聘她到集团工作，暂定担任行政处副处长，年薪三十万起步。董华民当时愕然地问，什么情况都不清楚，就当副处长，还年薪三十万？毕伽索说，要那么清楚干什么，我只关心这个人能不能用。董华民寻思老总醉翁之意不在酒，便不再多嘴，到电视台一谈，没想到亓元并不领情，说，不去，我只想当一个记者。

董华民碰了壁，回来跟毕伽索说了，毕伽索比董华民还要吃惊，瞪着眼睛说，啊，这个世道，还有这么清高的女孩啊，再把工作做深入一点，查查她的背景。

不久董华民就向毕伽索报告说，查清楚了，上海人，父亲是考古学家，母亲是中学音乐教师。

毕伽索说，我有点明白了，一家书呆子。

董华民第二次约见亓元，亓元一口回绝，只是在电话里说了几句。 董华民对亓元说，我们老总看中你了，你开个价，什么条件都可以。

亓元回答，只有一个条件，不去。

董华民说，你先不要挂机，听我把话说完。 我知道你担心什么，可我们老总不是那样的人，我们集团美女如云，可是我们老总他一个也没下手，我们老总真的是怜香惜玉，不，我们老总他是爱才如命……董华民有些语无伦次了，这样的女孩，他还是第一次遇见。

电话那头十分难得地传来轻微的笑声，你们老总根本不认识我，他怎么知道我有才？

董华民说，我们老总他是个天才，他有第三只眼，他的直觉是非常厉害的。 你想想，他从一个普通教师，赤手空拳到深海打天下，把学校办得大中小都有，全国各地都有，他不是天才行吗？

电话那头传来含义不明的笑声，也许是讥讽吧。

然后，董华民就把毕伽索的原则，毕伽索的信条，毕伽索艰苦创业的历程等等，说了足足十分钟。 最后说，小亓，你不要马上回答我，你再考虑考虑，三天之后，不，十天之后再回话也行。

电话那头说，现在就回话，不去。

董华民后来向毕伽索大诉其苦，说这回真的见到鬼了，油盐不进，刀枪不入。我不明白，这么一个冷血动物，老总您要她干什么，吃不得碰不得还不好用。

毕伽索听了，半天没吭气，抽了一支烟后对董华民说，你说得对，算了。

那个夏天，正是集团大发展的时期，连续在中原两个市开辟了局面，一次性上马七个项目，毕伽索频繁奔波于深海和中原，忙得不可开交，这件事情也就不了了之了。

自从唐多丽妇科病做了手术之后，在长达半年多的时间内，毕伽索一直没有夫妻生活。他的名言是，我从来不搞我不喜欢的女人，也不搞不喜欢我的女人。

二十年前公司被批准注册的时候，毕伽索就有个梦想，有朝一日，他要把他以前追求过的、暗恋过的、眺望过的女人统统找到，分期分批把她们请到床上，让那些曾经轻视他的、鄙夷他的、抛弃他的女人在他的身下流出幸福的眼泪，用追悔莫及和感恩的眼神看着他。但是只尝试过一次，他就放弃了这个梦想，因为工程太大，首先是数量太多，其次是……还有很多难以启齿的原因。

认识亓元的时候，他四十四岁，可以说如日中天，无论哪一方面都是。他当时并没有明确的计划要把她怎么样，是一种莫名的心理支配着他，大约越是得不到的就越是期盼吧。

就在毕伽索决定忘掉亓元的时候，太阳从西边出来了，亓元突然现身，直接找到董华民说，可以受聘。

毕伽索在他的办公室里听董华民汇报事情的前因后果，盯着窗外的太阳看了大约半分钟，然后问，好马不吃回头草，她为什么改主意了？董华民说，原因不详。毕伽索抖着亓元的求职简历，对董华民一挥手说，拒绝，请她另谋高就。

董华民的嘴巴张了张，半天没合拢。拒绝？这是何苦，众里寻他千百度，那人却在……送上门来的，何必……这也太小家子气了吧？

毕伽索一拍桌子说，她以为她是谁，她以为我这是饭店啊，想来就来，想不来就不来。老子……毕伽索正说着，突然闭嘴，他看见亓元就站在门外。还是一身紫蓝色的连衣裙，眉目间已经少了许多冷漠，尽管低眉顺眼，却又不卑不亢。

毕伽索久久地打量着亓元，感觉这个女孩像她的名字一样生僻，周身似乎萦绕着一个神秘的气场，吸引你的目光，又把你的目光挡在尺寸之外。毕伽索的脑子飞快地转动，换了一副腔调说，好啊，承蒙亓小姐看得起，本集团欢迎。我的条件不变，说说你的条件。

亓元说，我只是来找工作，有饭吃就行了，没有条件。

亓元仍然没有接受行政处副处长的职务，也没有接受年薪三十万的待遇。亓元说，我一天班没上，就当副处长，拿那么高的年薪，不合适。

毕伽索说，好，那就从头做起吧。

那一年，亓元二十五岁，正是豆蔻年华。这个谜一样的女孩从行政处秘书干起，不动声色地张罗了很多事情，每个月都要给毕伽索提交一份集团内情报告，还要提交一份创新建议。

几年以后，在一次电视访谈中，毕伽索侃侃而谈，访谈结束后他才意识到，亓元到集团之后，实际上暗暗做了一件很大的事，就是改变了毕伽索的形象。每当遇到棘手的事情，毕伽索准备大发雷霆的时候，只要她在场，毕伽索挥舞在空中的手臂就会不自觉地换成一道弧线，骂人的话就会变成"不着急"或者"再商量"。她就像一面镜子一样让毕伽索不断地调整着自己的风度。毕伽索有一次对亓元说，跟你在一起，我发现我越来越像一个好人了。

这七年中间，亓元和毕伽索始终保持着严格意义上的雇佣关系。两千五百多天里，他们至少有一万次面对面。她陪同他出席各种会议、聚会和谈判活动，像幽灵一样围绕着他。不可思议的是，这些年尽管他经常渴望，但是他并没有对亓元下手。而亓元呢，始终是一个得体的助手，微笑经常挂在脸上，再也不像七年前那样青涩了，说话委婉了许多。 有一天亓元亲自上阵，在电视台做了一个"民营教育的难度与高度"的演讲，历数中外历史民营教育的成功范例，对于当下民营教育的种种障碍和本集团的战略以及前景展望，做了条分缕析。 在屏幕上的亓元同平常的亓元判若两人，落落大方侃侃而谈，形象气质远在节目主持人之上。 加上她本来就是新闻专业的硕士生，在集团工作期间，又报了个在职博士，学问滋养自信，自信滋养容颜，益发显示成熟和清高。 毕伽索有时候甚至觉得，是亓元的存在，提高了梦为集团和他本人的身价。

她是怎样变化的，为什么变化，谁也说不清楚。 或者可以用毕伽索的话来解释，时间可以改变一切。

四

十分钟后，亓元便出现在门口，工装已经换成蓝紫色的连衣裙，亭亭玉立，却又平静得像个蜡像。

毕伽索说，能陪我吃饭吗？

亓元迟疑了半秒钟，平静地说，可以，但我这段时间不能喝酒，我陪你吃西餐。

毕伽索不高兴地说，谁说你这段时间不能喝酒？

亓元说，医生，否则我脸上会长痘的。

毕伽索大手一挥说，嗨，听医生的话得吓死，你看我爹，吃大鱼大肉，喝了一辈子酒，活到八十多岁，现在每天还是一听啤酒，他只喝蓝带，还要易拉罐装的。

亓元还是站着不动。

毕伽索不耐烦了，怎么，长痘就这么重要，你有男朋友了吧？

亓元说，我们有言在先，不过问个人隐私。

毕伽索顿时觉得无趣，生硬地说，算了，我不要你陪了。又想了想，拉开抽屉，取出一摞资料，扔到老板台的对面，这是我老家一个招商引资项目，你帮我研究一下。

亓元迟疑了一下，接过资料，看看毕伽索说，我还是陪毕总吃饭吧，喝一杯也行。

毕伽索本想说算了，看看亓元的眼睛，很平静。毕伽索阴阳怪气地说，那好，谢谢你啊。

毕伽索下楼，亓元已经从地库里把车开上来了。

这天晚上，或许是受到韦子玉和乔大桥的刺激，毕伽索的情绪大起大落，一杯接着一杯喝酒。他还没有拿准该用什么态度对付老家的招商引资，但是，一个现实的项目却越来越迫切地燃烧着毕伽索，在酒精的帮助下，他进入到一个神奇的境界。他决

29

定展开新的战斗，从亓元开始。

饭后叫了代驾。毕伽索坚持让亓元和他一起坐在后座上，亓元没有拒绝。毕伽索的心中壮怀激烈。今夜，解开她的衣裙的不是威士忌，而是他毕伽索，一个拥有三十亿私产的企业领袖，一个灵魂和肉体同样高贵的成功者。

毕伽索对司机说去碧水山庄的时候，亓元只是异样地看了他一眼，但是没有反对。在驶向碧水山庄的途中，他把脑袋靠在她的肩膀上，然后在把手从坐垫上面向她的臀部接近，接近，接近，再接近。她还是没有做出激烈地反应，只是略微欠了欠身体。他把这个微小的动作理解为一种姿态，这个姿态甚至让他感觉到鼓励，他闭上眼睛，想象着即将到来的幸福时光，在一片辽阔的原野上，他像一匹骏马一样纵横驰骋，驶向远处的蓝天白云……

后来情况发生了变化，就在快到高速出口的时候，亓元悄悄地把毕伽索的手向外推了推，低声说，毕总，你今天喝了不少酒，碧水山庄有人照顾你吗？

毕伽索差点就说出来，不是有你吗，但是话没有出口，又咽下去了，他担心亓元会说出让他难堪的话来，毕竟还有代驾坐在前面。他控制了一下情绪说，我没喝多。

亓元说，碧水山庄没有人，要不，我叫小陈过来，也好照应一下，万一夜里要喝水。

毕伽索明白了，庆幸自己没有唐突，口气很冲地说，没事，不用你管。

车子依旧按照原来的路线，但是毕伽索的计划已不是原先的计划。进了碧水山庄门口，亓元下车把毕伽索送上台阶，才反身上车，向毕伽索挥挥手，抛出一个意味深长的微笑，车子拐了一个弯，驶出碧水山庄。

毕伽索没有马上开门，像个傻子一样站在台阶上，看着渐行渐远的小车屁股，一股悲凉油然而生。亓元再一次拒绝了他，好在不算太难堪，没有怎么扫他的面子。

五

第二天上班，亓元到毕伽索办公室送文件，毕伽索为了掩饰尴尬，故意瞪着眼睛看着她，看她的步态，看她的表情。她的脸上居然看不出一点痕迹，把文件夹放在他写字台上说，毕总，下周三省政协有个调研会，内容是少数民族地区发展教育意见建议，指名请您参加。

你去，这方面的情况你比我熟。毕伽索不容置疑地说。

对不起，我可能参加不成了，这是我的辞职申请。

亓元说完，从文件夹里拿出辞职报告，放在毕伽索的面前。

毕伽索嘴巴张了半天才合上，一声冷笑说，辞职？ 为什么，我又没有强迫你。

亓元不说话。

毕伽索愤怒地喊了一声，我不会批准的。

亓元说，批准不批准是你的事，走不走是我的事。 我并没有同集团签订卖身契约，这次我真的要走了。

毕伽索冷冷地看着亓元，亓元仍然一脸平静地微笑。 毕伽索冲动地说，亓元，你到底想干什么？

我只是想按照我自己的意志生活。

亓元，你摸着良心想想，自从你到集团，亏待过你吗？

为什么要亏待我？ 我尽职尽责，从来没有给集团添乱。

可是，你对我呢，你把我当作一个老总吗，你表面上毕恭毕敬，关怀体贴，可是你的心呢？ 我明白了，在心里，你把我当作暴发户，你认为我小人得志，你认为我为富不仁，你认为我浅薄，嚣张，膨胀，你在跟我演戏，你在观察我，取笑我，你看不起我！

亓元的微笑收敛了，毕总，你真的这么认为？

毕伽索直视亓元，难道不是吗？

亓元沉默了片刻说，是有那么一点点，我们彼此都有让人看不起的地方。 但是，公正地说，和众多的成功人士相比，你的人品还不算太差。

毕伽索在暗中攥紧了拳头，啊，仅仅是人品不算太差，你就这么看我？

你知道，我的原则是，能不说假话，尽量不说假话。 我在您面前，尽量说真话。

那我问你，亓元，你爱我吗？

什么，毕总你说什么？

我是说，你爱我吗，或者说，你爱过我吗？

亓元突然变脸，久久地凝视毕伽索，毕总，我们之间，有谈论这个话题的理由吗？

毕伽索说，当然有！ 你为什么到集团来，我为什么要把你放到这么重要的岗位，你应该心知肚明。

亓元的脸由白变红，嘴唇哆嗦着，控制着语速说，毕总，你想错了，我到集团工作，集团给我很高的地位和待遇，这是我的能力和努力的报偿，这同爱情没有关系。 我知道，在当今社会，一个集团老总和他的员工暧昧，甚至发生爱情，是再普遍不过的事情。 可是，毕总您也要明白，即使一万个女秘书都和老板上床，但是还有万一，总会有一个人不会。 请你不要轻易使用爱情这个字眼。

在毕伽索的记忆中，除了会议和访谈，亓元和他单独在一起，说这么多话，是第一次。他觉得他对亓元的了解实在是太浅薄了，实在是太想当然了。这时候他意识到一个危险正像一根针落进大海一样不可挽回。他表面平静，冷汗却无声无息地从发根和脖子上流了下来，衬衣的后背很快就贴在身上。

亓元，毕伽索突然哀婉地喊了一声，亓元，也许我想错了，也许一开始就错了，可是什么还没有开始，让我们重新开始好吗，如果你愿意，我们可以成为真正意义的朋友。你说呢？

亓元站着没动，肩膀轻微地晃了一下，好像有点动摇，最终还是笑笑说，不，毕总，请珍惜我们彼此的自尊，这对于你我都很重要。

毕伽索无语了，久久地看着亓元。亓元把脸稍微侧向一边。宽大的落地窗外面，城市的楼群触摸着蓝天。那正是初夏，淡淡的云絮在远处缓缓行走。毕伽索突然挺直了身体，站起来抓过亓元的辞职报告，颤抖地写上了"同意"两个字和自己的名字。

亓元提醒他说，日期。

毕伽索咬紧牙关，写下了日期。在将辞职报告还给亓元的时候，又缩回手，打开支票夹，快速地签了一张一百万元人民币的支票，递给亓元，泪花闪烁地说，这，这是集团对你的报答。

亓元接过支票，看了看，又把支票轻轻地放在老板台上，然后转身走了，最初的几步很慢，快到门口的时候，步伐轻盈起来，紫蓝色的连衣裙摆旋动着像一面旗帜，在毕伽索的眼前弥漫放大成一片紫色的氤氲。

毕伽索卸下千斤重担一般颓然缩回到老板椅里，微微闭上了眼睛。就在这时候，他听见一个奇异的声音，隐隐约约却又实实在在，天哪，那是口哨声，是亓元，亓元的口哨是一段似曾相识的旋律，那声音在毕伽索的办公室里，在楼道里，在毕伽索的心里，经久不息，挥之不去。

六

这个春天，对于毕伽索来说，是漫长的。他发现他老了，多愁善感了。亓元离开了半个月，他基本上没有做出大的决策。他经常不自觉地站在落地窗前，眺望远处鳞次栉比的高楼大厦，思想无限辽阔。他不知道亓元是否已经离开了这座城市，或许亓元并没有走远，也许就在附近的某一个地方。可是，她是为了什么？毕伽索后悔得要死，他不缺女人，为什么还要一再进攻亓元？这个女人，她是女人吗，不，她简直就是个一块砸不烂啃不动的硬骨头。都什么年代了，还有这样不食人间烟火的女人，简直荒唐。

在梦为教育集团，最初同干街发生联系的，的确是亓元。去年接待老家的县委书记弓珲，调研论证马岩湖投资方案，都是亓元参与策划的。在这件事情上，亓元充当了毕伽索的私人秘书。

但是，毕伽索此刻想起亓元，还不仅仅因为这些。

前年年底，毕伽索专门腾出碧水山庄别墅，把父母接到南方过春节。别墅建在近郊，三层小楼，配有厨师两名，保姆两名，每天派专车从本市最大的超市采购新鲜食材和水果。毕伽索还从省府事务管理局买来两吨茅台酒，当着很多人的面告诉父亲，从此以后，茅台管够，爱怎么喝就怎么喝。这一次，他要补偿对父亲的所有的愧疚，要让这个一辈子抬不起头的老裁缝安享晚年。

不可思议的事情发生了，毕启发和他的老伴于兰花在碧水山庄只住了一个晚上，第二天母亲就给儿子打电话，说老爷子犯病了，嚷嚷要回干街。毕伽索吓了一跳，匆匆赶到，问了半天才明白，老爹在碧水山庄住不下去，原因很简单，用不惯抽水马桶。毕伽索说，这个好办，马上调工程队来，在院子里造一个简易旱厕，限令十二个小时完工。旱厕造好之后，老两口住了两天，母亲又打电话嚷嚷要走，毕伽索问到底是什么原因，母亲说老爷子又犯病了。这次毕伽索带来了亓元，到了碧水山庄，看见老爷子坐在别墅门外的台阶上，嘴里嘟嘟嚷嚷说，鬼子来了，鬼子来了。毕伽索跟母亲聊了一会，亓元就明白了，原来老人嫌这里人少，看不见人。亓元出主意说，淮上会馆人多，而且能听到家乡的口音，住在那里也许老人适应一些。

毕伽索想想，这确实是个好主意，就在淮上会馆旁边租了一套大房子，把老人家接过去，情况果然有所好转。

那段时间，按照毕伽索的安排，亓元经常到淮上会馆过问二老的情况，虽然她对毕启发犯病的时候就说"鬼子来了"有点好奇，但是并不打听。倒是毕伽索，有一次不高兴地问亓元，你对我父母的事情不感兴趣吗？亓元说，作为一个员工，我没有必要对老总的家事感兴趣。毕伽索说，可是我爹，他犯病的时候老是说鬼子来了，你不觉得奇怪？亓元说，是有点奇怪，我猜测老人是个抗战老兵。

毕伽索听了这话，愣了好一阵子，问亓元，你真的认为我爹是抗战老兵？

亓元说，要么就是在战争年代受过刺激，可能同抗日有关。

亓元这么一说，毕伽索又是半天没说话。

又过了一些日子，毕伽索对亓元说，你说对了，我爹是个抗战老兵。1944年夏天参加茅坪战斗，我爹打死过一个日本鬼子，被提升为排长。1945年春天西华山战役前夕，我爹奉命率领一个班征粮，因迷路同主力走散，途中被不明炮火袭击，我爹身负重伤，被当地群众营救，然后就返回干街了。 在我爹的档案里，结论是，战前离队。 也就是说，组织上认为我爹是个逃兵。

亓元说，毕总告诉我这些情况，需要我做什么吗？

毕伽索说，几十年了，我们毕家都被这件事情压得抬不起头来。 我爹他毕竟打过鬼子，立过战功，可就是因为没有参加西华山战斗，就成了逃兵，还被打断了一条腿，抚恤金一分没有。 现在，我觉得时机成熟了，我要把这件事情弄清楚。

亓元没有说话。

毕伽索说，你是不是觉得我的想法不靠谱？

亓元说，我理解毕总的心情，但是要搞清这件事情，或者说毕总想为这件事情翻案，恐怕不是我力所能及的。

毕伽索说，这件事情，最有可能帮我的就是你，你那么聪明，你都帮不了我，别人那就更是不指望了。

亓元说，毕总，你太抬举我了。 不过，从你陈述的情况看，我倒是真的有一个疑点，那就是老人家在同主力失散之后，在西华山战役展开那几天，这段时间他在哪里，做了什么。 如果把这段历史弄清楚，那么，无论是什么结果，后人也只能面对了。

毕总说，亓元，你确实聪明，看问题一针见血，直奔要害。你说的那段时间，确实是关键。 问题是，那段时间又很复杂，我爹年轻的时候就说不清楚，现在更是胡说八道了，他的话连我都不信。

亓元还是不动声色，问道，那么毕总，我请教您一个问题，你相信你的父亲是逃兵吗？

毕伽索说，这不是我相信不相信的问题，战场上的情况是复杂的。

亓元说，既然这样，毕总，我认为这件事情暂时还是不提为好。

七

在整个童少年时期，在毕伽索的名字还叫毕得宝的漫长岁月里，他最痛恨的就是父亲，不仅因为他给家庭带来贫穷，更因为他给毕伽索带来屈辱。七岁那年，他亲眼看见干街的"文攻武卫"战斗队把毕启发从成衣店里抓小鸡一样抓走，毕启发挣扎着一瘸一蹦跶，又喊又叫，"鬼子来了，鬼子来了"，不时被挥舞红白棍的"战斗队员"往屁股上戳一下。红白棍戳一下，毕启发就嚎一声"鬼子来了"，丑态百出。

以后毕伽索回忆这段往事，心里充满了悲哀。他的悲哀不在于他的父亲被批斗，而在于他父亲不是被批斗的主角，而是陪斗。

真正被批斗的主角是乔如风，这个从干街走出去的老革命，跟他爹一个年纪，那年都是四十三岁。可是乔如风什么风度啊，即便被揪到台上，也是威风凛凛，上衣兜里别着两支钢笔，脚上还穿着皮鞋，油亮的头发被造反派弄乱了，乔如风站稳后自己挥手把它捋平了。造反派头目、镇文化馆的查林踮着脚，想把乔如风的脑袋按下去。乔如风纹丝不动，猛然一甩脑袋，鼻子里狠狠地出了一口气，居高临下地瞥了查林一眼，查林居然被吓住了，再也不敢去按乔如风的脖子，灰溜溜地走向主席台一侧，路过毕启发身边的时候，顺便照他屁股上踢了一脚，毕启发又是一声嚎叫——鬼子来了！

这一幕成了童年毕伽索——毕得宝脑海里的彩色电影，一次又一次地播映，画面上的乔如风就像样板戏《红灯记》里的李玉和，大义凛然，而他爹则好比《智取威虎山》里的小炉匠栾平，委琐不堪。那时候他甚至想，他为什么不是乔如风的儿子，而偏偏是毕启发的儿子呢？

毕得宝读高一那年，老省长洪文辉魂归故里，在干街东南方开辟了一块很大的墓地，中学师生到墓地参加安葬仪式。站在毕得宝身旁的韦二毛嘀咕了一声，看，毕得宝好像，好像洪大爷。毕得宝吓了一跳，差点儿又跟韦二毛动手了。可是那天他没动手，只是使劲地看了遗像一眼。这一看，真的感觉自己很像洪大爷。仪式结束后，学生整队带回之前，他又若无其事地溜到洪文辉遗像前面细看，这次他觉得他更像洪文辉了。

那天夜里，毕得宝做了一个很奇怪的梦，梦见他背着书包到了一座大城市，并且坐上了那种被干街人称为"乌龟壳"的小汽车，进入一个人间仙境一样的庭院，有人给他开门，毕恭毕敬地喊他少爷，同学中最漂亮的女生像喜鹊一样在他身边喳喳叫。

梦里醒来，他发现他还是躺在他自家的破床上，黑乎乎的蚊帐上一动不动地蹲着几只苍蝇般的蚊子，这些不劳而获的寄生虫，趁他做梦的工夫，穷凶极恶地饱餐他的血肉。

他是被他的老爹打醒的，老爹站在床前，瞪着一双金鱼眼睛，手里的棍子还在他的肚子上一轻一重地戳着。老爹的嘴里嘟囔着，滚去，上、上、学、学、上！

自从毕得宝记事，他爹说话就不利索，只会说出极短的句子，而且把句子组合得奇形怪状，还经常倒装，比如他永远说不好"喝水"这两个字，只能说出"水喝"。最好的情况是，他在费力地说出"水、喝、喝、喝"之后，再用尽最后一丝力气突出一个短促的"水"的音节。这已经成为毕启发特殊的语言风格，别人同他交流十分困难，当然，别人也没有必要同他交流，只有毕伽索的母亲于兰花，能够一星半点地破译出他的唇语和肢体语言。

美梦被老爹惊醒，让青春期的毕得宝十分恼火。就是那一次，他从床上跳下来，恶狠狠地推了父亲一把，冲他爹吼了一声，你干什么，有本事跟鬼子干去！

他爹愣住了，哆嗦着盯着他，上半截身体猛地往前斜了几度，两只胳膊一上一下地在胸前摆动，好像随时准备扑上来把他掐住。

毕得宝并没有被他爹的气势汹汹所吓倒，一边套裤子一边嚷嚷，你这个逃兵，把老子害惨了！

他爹果然扑上来了，毕得宝一闪身躲过，他爹扑了个空，摔了个嘴啃泥。等毕启发狗刨一般爬起来，一高一低地撵到门外，毕得宝早就远走高飞了。

干街的人都知道毕启发是逃兵，但究竟他是怎么逃的，却又传说不一。毕得宝师范毕业那年做了两件事情，一是把自己的名字改成了毕伽索，第二件就是到县市两级档案馆去查西华山战役，终于把他爹的那段历史搞清楚了。当时的新四军团长洪文辉后来在《关于毕启发西华山战役中离队经过和处理意见》上的批示是，茅坪战斗有功，西华山战斗离队，功过相抵，复员回籍。

那次调阅档案，毕伽索虽然接受了他爹的逃兵事实，却也有一个重大发现，洪文辉批示中有一句"茅坪战斗有功"，点燃了他的希望之火。

在西华山战役之前一年，日军偷袭淮上抗日根据地茅坪医院，连长于诚志率领七连二十里急行军增援茅坪。战斗打响后，刚刚入伍不久的乔如风和毕启发跟在班长后面迂回，爆破鬼子火力点，眼看就要接近了，一阵弹雨飞过来，毕启发被吓蒙了，听到乔如风在路边喊，毕启发，卧倒！毕启发不知道往哪里卧，猫着腰找地方。乔如风发现侧面有鬼子包抄过来，掉转枪口，一扣扳机，没响，瞎火了。乔如风大喊，毕启发，左侧，开枪！毕启发抱着大枪，躲在一棵树下，战战兢兢地开了一枪，再战战兢兢地开了第二枪。乔如风也从战友身边捡了一支枪，拉开枪栓就打，一边打一边大喊，好，打死一个，再开枪！毕启发一听说打死了一个鬼子，突然跳了起来，大叫，老子打死一个鬼子，老子打死一个鬼子！说完就往前冲，刚冲了十来步，被乔如风从后面扑倒。乔如风说，卧倒打，你不要命了！十多分钟后，排长带着几个人从右翼攻了上去，战斗结束了。

战后评功评奖，要记账，那个鬼子是谁打死的，于诚志让毕启发和乔如风自己说。乔如风说，是毕启发打死的，我亲眼看见的，当时我枪里的子弹瞎火了。毕启发说，我没看见打死鬼子，是听乔如风说的。于诚志哈哈大笑说，好，瞎猫碰个死老鼠，碰得好，既然是碰的，我看这样，见面一半。两个新兵一齐说，好。

为了感谢毕启发分了半个鬼子的功劳，乔如风后来送给毕启发半包洋烟，还为此作诗一首，打虎亲兄弟，上阵父子兵，见面分一半，咱们是乡亲。

后来，让毕伽索不堪回首的是，后来又发生了西华山战役。西华山战役结束，毕启发被遣送回乡，那时候偶尔还能说几句明白话，说，老子不是逃兵，老子打干街了，老子指挥三个人，打退了鬼子四次进攻，守住了东头学校，救了蒋夫人。

显然这是一派胡言，没有任何人当真。好在有洪文辉给干街镇的干部捎回来一句话，说毕启发虽然在西华山战役中溜号，但是在茅坪战斗中还是有功劳的，功过相抵，不要为难他，让他安度余生吧。这样才给他分配了三亩地三间房。人民公社时期，又给他安排到大集体企业，当裁缝，量尺寸。

毕得宝十岁那年，毕启发说话开始出现严重障碍，到了毕伽索上中学后，他基本上只会说"鬼子来了"，有时候还加上一句"卧倒"，其他的话语，一律颠三倒四。再后来，连裁缝也当不成了，全家就靠他娘炸油条过日子。

西华山战役中乔如风是七连二排长，带人征粮的任务本来是他的，但是连长布置任务的时候，他恰好在解手，连长等了他五分钟，见他没来，就对身边的毕启发说，三排长，干脆你去，弄到多少是多少，晚上到长岗会合。就这一个小小的变动，造成了两个命运的分野。在西华山战役中乔如风跟着连长坚守长岗阵地，连长牺牲后他接替指挥。抗战结束后部队整编为华东野战军，他留在地方当县长，然后是县委书记。中华人民共和国成立初期，乔如风经常回干街看望老人，偶尔还到成衣店里见见毕启发，对当地的人讲毕启发分了半个鬼子算他战果的故事。后来经过几次运动，乔如风就不太讲这个故事了，因为毕启发颠三倒四的，不承认自己是逃兵不说，还经常扯上蒋夫人。别说这事是假的，倘是真的，恐怕更麻烦，那年头跟蒋介石扯上瓜葛可不是什么好事。

七十年代末乔如风官复原职，然后当了地区副专员。有一年带着一家老小回干街老宅过年，十六岁的毕得宝远远地看见乔如风的女儿乔乔，个子高高的，穿着黑白格子呢大衣，围着紫色围巾，从街上亭亭走过，好像是一棵移动的杨柳。当时毕得宝产生一个强烈的愿望，就是要当大官，当了大官，首先把查林捆起来打个半死，然后把乔乔娶回家当老婆。可是这两个愿望一个也没有实现。查林后来不当造反派了，改行写剧本，剧本写得还不错，七十年代末调到县里去了。而乔乔在毕得宝还没有来得及娶她之前，就已经考上大学走了，后来嫁给一个处长。前几年毕伽索到上海开发业务，拐弯抹角找到乔乔，本来踌躇满志地要把她弄到床上，实现一下少年时期的宏伟抱负，可是临到见面之后，他很快就取消了计划，这个女人已经胖得让他无从下手了。

八

这些年，随着事业蒸蒸日上，毕伽索对父亲的感情也发生了很大的变化。父亲老了，安静多了，口齿越发不清楚，常常嘟嘟囔囔不知所云。倒是身体还算健朗，饮食不仅正常，而且超常，每顿喝二两茅台是吹牛——毕启发拒绝喝茅台，他只喝老家干街的土酒杂粮烧，每次喝两杯，约二两，标准定量，直到如今还没有减量。

时光荏苒，当年干街的风光人物前仆后继地离开人间，韦梦为，洪文辉，于诚志，就连乔如风也走了，可是毕启发还活着，还能喝酒，这是毕伽索最得意的事情。毕伽索琢磨，如果毕启发能活到一百五十岁，不知道这个世界会发生什么变化，那时候，人们还记得西华山战役吗？那时候人们可能只知道这个世界上有个历经磨难而自得其乐的毕启发。思路到了这一层，毕伽索很是兴奋了一段时间。就是那段时间，他开始重新审视父亲当逃兵这个事实，并向亓元讲了这件事情。那是他心理素质最好的时期。

毕伽索把毕启发接到深海的那一年，亓元被任命为行政处副处长。集团抓住这个未婚未恋的劳动力，最大限度地榨取她的才华。毕伽索对副总董华民说，要一刻不停地使用她，不能让她闲着，要让她迅速成为集团的顶梁柱。

亓元担任副处长不久，向毕伽索提议，要规范工会建设，要让工会确实起到维护员工的福利、保障员工权益的作用。毕伽索半开玩笑问亓元，你是给老总打工，还是给员工打工？亓元回答，我是给集团打工。既然成立集团，那么它就关系到全体员工的利益，只有老总和员工的利益一致，集团才有长久的生命力，集团越做越大，不能搞一锤子买卖。

亓元的观点引起毕伽索的重视，后来他还是同意了亓元的建议，把形同虚设的工会重新整顿了一番，办了一个《梦为之声》的杂志，下发各分公司和一线学校。杂志除了报道集团重大活动，还设有"把脉问诊""对症下药"等栏目，特别让毕伽索感到耳目一新的，是杂志的文学栏目，刊登新人新作，小说、诗歌、散文都有。毕伽索看得眼热，几次产生冲动给亓元投稿，读书人，谁没有文学梦呢。

杂志越办越好，成了毕伽索的必读。有一次他在上面读到了一篇作品，名曰《夏日之晨》，时代背景不详，地理背景不详，人文背景不详，写了一个远离喧嚣的小城镇，城堡巍峨，街衢优美，法制井然，人们淡泊名利，耕读狩猎，相亲相爱，俨然是一个原始共产主义阶段。 小说还配有版画插图，街道建在小河两岸，情窦初开的男女乘坐小船在河心欢声笑语，小船上摆着鲜艳的水果，桌子上一瓶倒了一半的红酒……看了一半，毕伽索觉得奇怪，回过头来看看作者署名，吓了一跳，作者居然是韦梦为。 亓元从哪个故纸堆里找出了这篇小说，他不知道。 显然，亓元是欣赏韦梦为的，这个发现让毕伽索有点激动，他甚至把这件事情看成是他的原因，是因为他的存在而引起亓元对韦梦为的重视。

就是受那篇文章的触动，毕伽索又赋予亓元一个特殊的任务，写一篇毕启发的抗战事迹。 亓元虽然迟疑，还是接受了，用了一个多月的时间，从网上和图书馆翻阅了大量的资料，并同毕伽索家乡市里的政协文史办取得联系，终于写成了《茅坪战斗中的毕启发》，毕伽索看了之后大加称赞，说，这就是我爹，我爹就是茅坪战斗的英雄。

毕伽索说这话的时候，亓元没有接茬，只是平静地看着毕伽索。 毕伽索非常想让毕启发给集团总部的员工做一次战斗报告，跟亓元商量，能不能让他爹坐在主席台上做个样子，然后由她来做报告。 这个意见被亓元委婉地拒绝了。 毕伽索也没有为难亓元，因为当时毕启发正在闹着回家，这件事情就不了了之。

后来毕启发住进了淮上会馆，稳定下来之后，有一天毕伽索把亓元叫到他的办公室，再次提出来，要让他爹做一次报告，而且不是讲茅坪战斗，要讲就讲西华山战斗。

毕伽索对亓元说，这件事情我想了很多年，梦里都在想，我爹既然能在茅坪战斗中打死一个鬼子，西华山战役中怎么会当逃兵呢，这太不符合逻辑了。还是你说的话提醒了我，我爹在同主力失散之后，在西华山战役展开那几天，他在哪里，做了什么？我想啊想啊，终于想明白了。那几天他并没有回干街，他在哪儿呢，他干了什么呢？

亓元说，这确实是问题的关键，毕总你查清楚老人家干什么了吗？

毕伽索笑了，神秘一笑，从抽屉里取出一张报纸复印件说，你先看看这个。

亓元拿过复印件，那上面的大标题赫然入目——《西华山大战在即，蒋夫人前线劳军》。

亓元说，这个我也查了资料，事实上宋美龄在西华山战役之前并没有去前线，这个报道是假的。

毕伽索说，你想啊，我爹在还能说话的时候为什么老是念叨他救了蒋夫人，不是空穴来风啊。我们现在来推理，一定是我爹他在同主力失散之后，遇到了一群特殊的人，即便他没有同宋美龄本人见面，也有可能听说那是护送宋美龄的队伍，然后他们和鬼子遭遇了，然后我爹他们同鬼子交火了，在战斗中我爹被打断了一条腿，后来又被国民党的军队救下了，不然的话，为什么我爹后来出现在国民党军队的医院里呢？

亓元静静地听着，再看一遍报纸复印件，然后抬起头来说，毕总，你的想象有一定的合理性，可是，谁能证明呢？

毕伽索说，那次跟我爹去征粮的，还有三个战士，后来都死了，死无对证，只能合理想象了。

亓元的眉头稍微蹙了一下说，可是，我们总不能把想象当作事实吧。

毕伽索说，事实？你怎么知道这就不是事实？如果没有别的解释，我的推理就是事实。亓元，这件事情只有你来做，这篇文章你帮我做。做成了，我回报一百万元，美金。

亓元愣住了，眼皮跳了跳，把那张报纸复印件往毕伽索的老板台上一放，轻轻地说，毕总，你解雇我吧，这件事我做不了。

后来呢？后来发生的事情，毕伽索想想就恨不得给自己一个耳光子。后来他还是一意孤行了，他只花了十万元人民币，把干街原造反派头目查林请来，让他写了一个八千多字的"纪实文学"——《西华山战役中不为人知的秘密》，文章"合理想象"出毕启发等人在出发前就听说宋美龄要到国军前线劳军的消息，

50

征粮途中巧遇国军转移家眷的队伍，误认为这是宋美龄的车队，后来遇到鬼子偷袭，毕启发等人就地阻击，掩护国军家眷脱身，战斗中三名战士牺牲，毕启发身负重伤，昏迷不醒。战斗结束后国军打扫战场的收容队发现毕启发，将其救起。经国军医院抢救，虽然活下来了，但神经受到伤害，丧失记忆。

毕伽索虽然没有解雇亓元，但是至少冷落亓元一个多月。亓元应弓珲书记之邀到淮上地区调研，就是那段时间查林把文章写好了。毕伽索很是得意，等亓元从淮上回来，毕伽索亲自把文章送到亓元的办公室说，看看吧，只要思想不滑坡，办法总比困难多。

亓元看了之后，抖抖文稿说，像是真的，不是真的。

毕伽索讥讽地看着亓元说，你有什么证据说它不是真的？

亓元说，我没有证据说它不是真的，但我有证据说它是假的，因为史料没有记载。

毕伽索说，史料记载的都是主战场，这件事情发生在次要战场上，被忽略了。

亓元说，我是学新闻的，不会虚构，我不再对这件事情发表意见。

毕伽索说，已经用不着你发表意见了，我让你看看，就是要让你知道，离了张屠夫，不吃带毛猪。

亓元说，毕总，你准备拿这篇文章做什么用？

毕伽索说，那就是我的事了。

亓元说，毕总，我建议你还是冷静一下，等一段时间再拿去发表。

毕伽索没有听从亓元的劝告，不仅准备花钱在报纸买下版面刊登这篇文章，还当真举行了一次"抗战老兵英雄事迹报告会"，不幸中的万幸是，临门一脚，他想起了亓元的忠告，报告会没有在集团礼堂召开，而是在淮上会馆布置了一个小会场，从下面的学校选来一个女教师，先试讲一次。整个会场不到二十人，他爹坐在主席台上，下面坐着查林等老乡和记者，充当听众。

文章写得好，女教师的口才也好，女教师声情并茂地讲述了西华山战役中的一场战斗和战斗中的毕启发，讲得下面鸦雀无声。可是谁也没有想到，讲到半截，毕启发突然犯病，口齿清楚地喊了一声，鬼子来了，卧倒！

还没有等人反应过来，毕启发就地出溜到主席台下。

当时毕伽索就在台下，他计划演讲一结束，就把演讲稿和照片拿到报社，哪里想到会出这样的事情？见势不妙，毕伽索的第一个反应是制止照相和录像，挥舞大手对几个工作人员说，你们谁把今天的事情捅出去，开除！

在事情发生的第一时间内，是亓元冲到主席台上，把老爷子架了起来。不知道亓元说了什么，老爷子才慢慢地爬起来，由亓元扶着坐上了轮椅。亓元对毕伽索说，毕总，不要折磨老人家了。

毕伽索表情复杂地看着亓元，嘴巴张了张说，我爹，我爹他真是稀泥糊不上墙啊，你看这事闹的……

就在这时候，他看见他爹扭头瞪了他一眼，那一眼，不像一个疯子。

洋相还不仅于此。尽管毕伽索采取了封锁措施，但是风声还是走漏了。试讲会搞砸的第二天，网上出现一篇文章——《为富不仁暴发户篡改历史，丑态百出逃兵爹原形毕露》，后面还有很多跟帖，都是讥讽和谴责这件事情的。毕伽索在网上浏览一圈，惊出一身冷汗，叫来亓元，让她尽快摆平。万一带出别的什么事来，那真是烧香引出鬼来，后果不堪设想。

亓元当时说了一句什么话，毕伽索记不得了。第二天，网上不仅看不到骂声了，还出现一篇点击率很高的文章——《茅坪战斗中的毕启发》，附有作者亓元的声明：这不是虚构的，我对我写下的每一个字负责，如有疑义，我可以配合调查。然后是亓元的手机和座机号。

毕伽索注意看了跟帖，情绪化的网友似乎对毕启发宽容了许多，甚至还有人表示了同情。

毕伽索对这个结果十分满意，到亓元的办公室赔礼道歉，动情地说，亓元，你是对的。

亓元似乎也很感动，对毕伽索说，毕总，我理解你，我只是希望你放下这件事情。

毕伽索点点头，这以后，他再也不提他爹的抗战事迹了。直到这个多事之秋，干街修建文化街，委实给他出了一道难题。这时候他自然想起了亓元，可是，亓元她如今在哪里呢？

九

亓元走了，查林的位置陡然上升，成了毕伽索的私人顾问。毕伽索对查林讲了他同韦子玉的争吵，查林很快就揣摩出毕伽索的心思。查林说，老街建文化街，建名人墙，势在必行，老街那些头面人物势必要重新浮出水面，这是不以个人意志为转移的。毕总作为干街最大的成功人士，无论从哪方面讲，都不能袖手旁观。

毕伽索说，我也是这么考虑，袖手旁观就是任人摆布。

查林笑笑说，其实，以毕总的实力，只要略有表示，他们那个文化街也好，名人墙也好，就不能不考虑毕总的感受。

毕伽索说，感受，什么感受？

查林说，令尊啊，令尊的形象啊，他毕竟在茅坪战斗中打过鬼子，把亓元写的《茅坪战斗中的毕启发》贴在名人墙上，也是一种态度。

毕伽索说，可是，他们会这么做吗？

查林说，他们需要经费，招商引资，总得有回报吧。

毕伽索说，那你说说，我表示多少为宜？

查林说，太多没必要，少了不合适，我看一百万就差不多了。

毕伽索抬起头来，向远处看了看，把手一挥说，不，太少了，我出一亿三千万。

查林吓了一跳，冲口而出，啊，这么多！

毕伽索说，查大哥，你说我要钱干什么？ 我要钱就是买个舒坦。 我拿一亿三千万，就是要把这件事情的主动权牢牢地控制在手里，我舒坦，我爹舒坦。 为了这个舒坦，我还可以多拿一点。

查林怔怔地半天才说，毕总，这是好事啊。

毕伽索说，可是怎么把这个信息告诉韦子玉呢，我已经同他闹翻了。

查林说，这个我来做工作，那个小老弟，虽然有点书生气，毕竟是政府的副县长，一亿三千万，那是他给政府引来的一份厚礼，他不会不识相的。

这就说定了，由查林出面向韦子玉抛绣球。查林给韦子玉打了一个电话，说毕总准备为家乡斥资一亿三千万。说完了，电话那边并没有查林想象的惊喜或者惊呼。韦子玉只是淡淡地说，现在捐赠文化街的人还真不少，捐赠也不是轻易就能接受的。这样吧，我直接和毕总谈。

五一节后，韦子玉给毕伽索打来电话，首先对上次不辞而别表示歉意。韦子玉说得很客气，说自己在毕总的面前，还是个小老弟，不成熟。毕总的考虑也是有道理的。

韦子玉有了这样一个姿态，毕伽索也顺水推舟，说老弟不必计较，说到底还是大哥我缺乏涵养，确实有点为富不仁。这段时间大哥也在反思，确实应该为家乡做点实事了。

韦子玉说，大哥捐赠的事，我已经向县委汇报了，家乡领导和人民对于大哥慷慨解囊支持家乡建设十分感谢，我们将把大哥的功德铭记在心上。

毕伽索没有吭气。

韦子玉说，不过有个情况我得向大哥汇报，文化街第一期工程是名人墙，上墙的名单不仅县里论证，市里和省里都要过问，红色名人墙上只能是对革命有重大贡献的同志，同毕总心里想的恐怕有很大的差距。 我说的这个意思，大哥应该听明白了吧。

毕伽索沉吟了一会说，我懂。 但是我想知道，名人墙的内容确定了吗？

韦子玉说，基本上确定了，韦梦为、洪文辉、于诚志、乔如风这些人都没有太大的争议，现在又多出一个戈璧山来。

什么？ 毕伽索冲口喊了一声，戈璧山？ 那个国民党反动派？

韦子玉说，是的，文化街名人墙的方案公布之后，引起各方关注，戈璧山的问题，省政协和统战部过问了，他是原国民党军的旅长，在西华山战役中抗日有功，省里要求我们认真调查，提出明确意见。

毕伽索说，那就是说，戈璧山很有可能上名人墙？

韦子玉老老实实回答，是的，从目前掌握的情况看，这种可能性很大。

毕伽索又问，名单里还有谁？

韦子玉说，目前主要的就这些。

同韦子玉通完电话，毕伽索的脸色十分难看。 他居然问"名单里还有谁？"，这话才出口他就后悔了，还有谁，你希望还有谁，你希望还有你爹？ 这才是真正的癞蛤蟆想吃天鹅肉，痴心妄想。 别说名人墙上的名人数量有限，就是把干街的男男女女都搬到名人墙上，也轮不到他爹。 就是把他自己搬到名人墙上，也轮不到他爹。

现在，情况是越来越明朗了，毕伽索的压抑和愤懑也越来越有了方向，他妈的，连国民党反动派戈璧山都能上干街名人墙，而一个抗战老兵不仅无缘上墙，而且他的可耻历史极有可能因为这个名人墙而被重新抖搂出来，成为笑柄。 是可忍孰不可忍！

十

自从亓元离开之后，毕伽索晚上时间多数都到淮上会馆，他在会馆旁边买了一块地，让他娘于兰花种地养鸡，他爹在一旁看。 只要老家有人到深海，住在会馆里，吃饭的时候，就让老人出席，啥话也不说，就是看看家乡人。

现在照顾老人的，既不是保姆，也不是司机，而是查林。

查林的爹是干街的修表匠，据说查林出生前后那些年，干街还有不少钟表，可是到了六七十年代，钟表越来越少，修钟表的人自然更少，挨饿的事情是经常发生的，有时候为了一块锅巴，一家兄弟姐妹数人打成一锅粥，哭声骂声尖叫声直冲云霄。

那个年代，不要说读书人，干街所有人的日子都过得斯文扫地。 倒是查林，始终怀着远大理想，要当作家，要像浩然那样写出《艳阳天》和《金光大道》，所以他在当造反派的时候也写小说，写剧本。 二十世纪七十年代，干街的文艺宣传队经常在县里调演拔得头筹，然后代表县里去地区参加调演，在全地区八个县的代表队中，干街宣传队的名次一般不会堕落到第三，基本是第一。 这就给查林带来了很大的声誉，所以早在七十年代末，他就被调到县里文化局当了股长。

毕得宝在县城读师范的时候，韦子玉的二哥韦二毛在县城做生意，贩蛤蟆镜赚了钱，有一次请家乡人到城西的小馆子里喝酒，毕得宝被叫去陪同。 不知道怎么就谈到那次批斗，毕得宝说，别的都没有什么，我就是想问问，为什么你们把乔如风拉去批斗，却不敢对他怎么样，反而踢了我爹一脚？ 查林想了半天才想起这件事情，一拍脑门说，嗨，你说这事啊，我跟你说，别看那时候乔如风是走资派，可是瘦死的骆驼也比马大，你看看那气势，那做派，真是老革命风采啊。 至于踢了你爹一脚，我记不得了，你说踢了就踢了。 这也是历史造成的，因为你爹他是个……嘿嘿，说了你也别在意，不说了。

查林说得抑扬顿挫，却是一点歉意也没有，话里话外多少还有点挑衅的意思。 毕得宝真想把一杯酒泼到他脸上，可是他不敢，因为人家是县里的股长，而他才是个师范生，将来混得再好也就是个教师，他不敢得罪查林。 他只是借酒壮胆，试探着请教查林，现在很多老干部都平反了，我爹的历史问题是不是也该有个说法了？查林当时愣了一下，明白后哈哈大笑，肆无忌惮地拍着他的脑袋说，平反？老弟你是说给你爹平反，哈哈，笑死我了，你爹有什么反好平的，你以为你爹是谁，大干部啊。你爹他是个逃兵啊，在座的听说过有给逃兵平反的吗？

查林酒喝多了，笑得前仰后合。毕得宝的那一腔热血啊，熊熊燃烧，因为在座的还有两名女同学。他几次端起面前的啤酒杯想砸在查林的脑门上，可最终还是放下了，他在心里一遍一遍地念叨，君子报仇十年不晚。旁边的女生见他两眼微闭，口中念念有词，紧张地问他，毕得宝你怎么啦？他睁开眼睛说，没什么，我喝多了。

二十年河东河西。没想到查林成了毕伽索的门客。

于兰花的菜地和养鸡场同会馆一墙之隔，其实这个会馆就是毕启发的厅堂，于兰花的菜地就是会馆的后花园。毕启发终于安居乐业了，每天坐在门外的台阶上看老伴种地喂鸡，偶尔还到鸡圈外面看鸡打架，气色越来越好，酒量也有增加，好几次定量之后还把杯子推到老伴面前。于兰花跟儿子说了，老爷子要求增加一杯，毕伽索坚决地说，不行，他老糊涂了，我不糊涂。

毕伽索对他爹似乎返老还童有点意外的惊喜，他琢磨其中的原因固然是由于他事业的成功，光宗耀祖，滋养着老人，可能还有一个重要的原因，让爹娘离开干街，"逃兵"这座压在他爹头上几十年的大山终于被搬掉了，再过一些年，也许他会彻底忘掉。

一年前毕伽索把查林接到深海，差不多就是被亓元逼的。那时候他已经看到为毕启发恢复名誉的希望了，即便不能恢复名誉，也可以利用集团的资源让老爷子享受一下恢复名誉的快乐，这一切，如果能够得到亓元支持的话，应该是不成问题的。可是亓元偏偏在这个问题上较真，一点通融的余地也没有。毕伽索骑虎难下，情急之下他想到了查林。

毕伽索想到了查林，激动得眼泪都快出来了，倒不是因为查林可以完成亓元不愿意完成的任务，而是，在毕伽索的心里，这一次，他终于可以实现童年的梦想了，他要朝查林的屁股上踢一脚，不，踢两脚，不，不是踢在查林的屁股上，而是要踢在查林的心上。他要把查林对毕家的羞辱加倍还给他。

果然，查林一接到董华民的电话，说毕总要请他到梦为集团当文化顾问，这个刚刚退休的文化官员喜出望外。这些年，家乡人都知道毕伽索在外面发了大财，光皋唐县，就有一百多名教师辞去公职，投靠到毕伽索的门下。查林现在正闲着，写了半辈子剧本小说也没有写出大名堂，仅限于在皋唐县有小有名气。能给毕伽索当文化顾问，还不仅是挣钱的问题，而是面子，面子大了去了。

查林第二天就带上简单的行李南下了，买的是卧铺票。一路上想着即将到来的荣光，那种感觉不亚于金榜题名。到了深海，接站的不是毕伽索，也不是副总董华民，而是一个自称小江的女孩子，把他接到一个小旅馆住下，晚上小江陪他吃自助餐。小江告诉他，毕总在外地开一个重要的会，等两天才能接见他。然后就把一堆资料交给他，说毕总有交代，让他先熟悉情况。

　　查林有点失落，却也没有多想。晚上打开那个厚厚的档案袋，都是抗战的资料，其中一篇是打印稿《茅坪战斗中的毕启发》，还有一张旧报纸复印件《西华山大战在即，蒋夫人前线劳军》，上面有一段批注——经查，西华山战役前后，蒋夫人未前往西华山前线，疑为讹传讹虚假报道。毕启发在西华山战役中的表现与此无关。但毕启发在战役前夕因征粮同主力部队走散，三名战士牺牲原因不详，毕启发重伤原因不详。仅国军医院出具的出院证明为战场乱炮误伤，为何误伤，时间、地点、事件均有漏洞。毕启发记忆混乱，战后尚未失去语言功能，但回忆前后矛盾，因此被组织上定性为"战前离队"，复员回乡。毕启发同主力走散的原因，走散后的表现，存疑难查。

　　这段文字是用毛笔写的，小楷，工工整整，能看出很深的功底。查林细细咂摸，顿时惊出一身冷汗，原来毕伽索的集团不缺文化人，而且是高手，看这一手字，没准还是个师爷。那么，他这个文化顾问怎么当呢？

那天夜晚，查林辗转反侧，想到即将接手的任务，看样子同毕启发有关。可是，这件事情还真的难办。"战前离队"是什么意思？是书面语言，是往好听里说，其实就是逃兵。

想到后半夜，查林突然来了灵感，又坐起来看那蝇头小楷，渐渐地把注意力集中在"记忆混乱""漏洞"和"存疑难查"三句话上，他不得不佩服"师爷"下的功夫，如果为毕启发做文章，那么，这三句话无疑就是最佳的路线图：第一，既然记忆混乱，那么前言不搭后语和自相矛盾就不能作为否定毕启发回忆的依据；第二，既然国民党医院证明毕启发为乱炮误伤的结论有漏洞，那么毕启发负伤就有另外一种可能，就有可能是战斗致伤；第三，既然存疑难查，说明还有重新调查的空间，难查是因为当事人都已作古，毕启发自己说不清楚，那么换个思路，当事人都不在了，死无对证，也就只好由活着的人说了算了……天哪，换个思路，换个思路，整个后半夜，查林被"换个思路"的思路燃烧着，他打算明天见到毕伽索，就把这个思路作为见面礼献给毕伽索。

可是第二天早晨他没有见到毕伽索，中午没见到毕伽索，晚上也没有见到毕伽索。查林这才发现小旅馆条件很差，早晨的自助餐还不如本县宾馆的好，心里就有些发凉，隐隐有一种不祥的感觉，委屈渐渐涌上心头。 是你请我来的，不是我自己要求来的，你把我弄到这人生地不熟的地方坐冷板凳，这他妈叫什么事啊！

到了第三天上午还没有见到毕伽索，查林沉不住气了，吃了中午饭，回到房间悲从中来，在镜子面前看着自己的白发，感觉就像孔乙己，突然生出一股豪气，对着镜子里的自己念念有词地骂毕伽索，你以为你是谁，一个暴发户而已。 你以为你拿钱就能把你爹的照片挂到天安门了，可笑！ 就算退休了，老子也是个国家干部，我犯得着来给一个逃兵的儿子当狗腿子吗，算了，此处不留爷，自有留爷处，老子还是回去当退休老干部，安度晚年去。

那一阵子，查林当真下了决心，并动手整理行李了。 可是整理到一半，又住手了。 真的打道回府，还不是那么容易的，一则他临走时已经把话放出去了，是到深海给毕伽索当文化顾问。二则，梦为集团丰厚的待遇到底还是有诱惑力的。 查林怀着复杂的心情，把快要收拾好的行李重新打开，睡了一个忍辱负重的午觉。

一觉醒来，小江已经在外面按门铃了。 小江告诉他，毕总从上海回来了，今晚在南湖大酒店设宴给他接风。

查林差点热泪盈眶了，他为自己及时地扼制了冲动而感到庆幸，几天来的郁闷一扫而光。他穿上了来深海之前斥资两千元买的西服，拿不定主意要不要扎领带。小江微笑告诉他，不必那么正规。

在前往南湖酒店的路上，查林问小江，今晚参加宴会的还有什么人，小江告诉他，这个他也不太清楚，老总的事情向来是董副安排的。

到了南湖大酒店，但见大堂金碧辉煌，乘电梯上了三楼一号包间，小江引查林进门，里面已经高朋满座。查林一眼看见沙发上的毕伽索，穿着样式新潮的衬衣，正在同几个人谈笑风生，见查林进来，毕伽索欠欠屁股，挥挥手说，来了，我给大家介绍一个老乡，老家的作家，老查，这边来，坐。

查林听毕伽索喊他老查，心里很不是滋味，等毕伽索向他介绍客人，心里就更不是滋味。原来是老家几个县的父母官，其中一个查林认识，是本县的书记弓珲。一见到弓书记，查林愣了一下，尽管他已经退休了，可他还是不由自主地上前两步，弯下腰，把双手伸了出去。倒是弓珲很客气，站起来招呼他说，查局长，老前辈，没想到在这里见面了。您请坐。

查林的心里这才好受了一点。

介绍完毕，毕伽索说，各位书记有所不知，我这个老乡老查，他原来是我们老家的大笔杆子，七十年代想当浩然，要写出皋唐县的《艳阳天》和《金光大道》，后来写了不少小戏，从县里演到市里，名气大得很，谱也大得很。

查林脸上发烫，手足无措地说，那都是少年轻狂，毕总笑话了。

毕伽索说，老查你不要谦虚，你们文人都有傲骨，有傲骨是好事，有傲骨才能冰清玉洁。你说是不是？不过，李白也有傲骨，可是朝廷一旦召唤，马上就"仰天大笑出门去"，傲骨也是看对谁傲，你说是不是？

查林马上说，是的是的，毕总博览群书博闻强识。

毕伽索说，老查，你要向李白学习，斗酒诗百篇，今天来的都是家乡的父母官，你一次见到这么多县委书记，也是荣幸，一会你可得好好敬酒啊！

查林一听这话，心里一下子凉到了冰窟，天哪，说是为我接风，却原来让我敬酒，真是不拿村长当干部啊！嘴上却说，那是应该的，应该的。

再往下，就不知该说什么好了。

说话间，大门洞开，一个身材高挑的女孩子出现在门口，又稍稍侧身，做了个优雅的手势，接着便鱼贯进来五六个人。毕伽索和老家的父母官们纷纷站起。毕伽索介绍说，这是深海市的邱市长，张秘书长，马主任。然后向邱市长等人介绍家乡的县委书记，再向书记们介绍集团副总董华民、财务总监赵虞山、行政处长亓元。 毕伽索还特意说，这个亓元，她的姓氏很特别，一般人不认识，字形就像圆周率，π。

邱市长说，这个字我认识，我分管电视台的时候，电视台给我打报告，说这个女孩素质极高，人也漂亮，一定要留在电视台，可是她放弃那么好的工作，跑到你梦为集团来了，可见梦为集团有魅力哦，你毕总有魅力哦！

毕伽索说，市长这是挖苦我了，小亓她到梦为集团来，或许是因为私营企业更自由一些。

张秘书长说，在梦为集团的年薪，比在电视台多十倍，她当然选择在梦为集团。 现在的年轻人，更实际了。 我这样说小亓你同意吗？

亓元微笑说，这确实是一种可能。

邱市长打岔说，老张你恐怕还没有说到点子上，小亓到梦为集团，可不是冲着钱来的。 这个孩子我知道一些，她的野心大得很哦。 好，人到齐了没？

毕伽索说，到齐了，就座吧。

亓元注意到毕伽索没有介绍查林，正要提醒，毕伽索却把目光转到邱市长身上说，今天是邱市长接见我家乡的见学团，市长你坐主席吧。

邱市长已经站在一号座的背后了，把椅子往后一拖，一屁股坐了下去才说，我是首席，当仁不让，主席还是你来当。

见邱市长已经落座，毕伽索赶紧招呼弓珲，弓书记你看，几个书记……几个书记一齐推搡弓珲说，老弓，你是毕总家乡父母官，这二把交椅你不坐谁坐啊?

弓珲看着查林说，查局长是刚刚从老家来吧，您是大哥，这个座还是你坐吧。

查林正寒冷着，听弓珲这么一说，心里一热，嘴上却赶紧推辞，弓书记，你就是处分我我也不敢，弓书记，您就坐吧。

弓珲说，那就恭敬不如从命了。然后招呼同行的几个县委书记，基本上按年龄大小排座。

毕伽索招呼董华民、赵虞山和亓元穿插陪同当地和家乡两拨官员，眼看大家都落座了，只有查林还没有着落，站在一边看别人让座，强作笑颜，脸皮越来越木，越来越僵硬。

毕伽索安排亓元坐在张秘书长的身边，亓元迟迟不落座，走到查林面前说，查局长刚到深海，你往上坐坐吧，我在下面好招呼。

查林的心里五味杂陈，却没有挪步，僵硬的脸上动了动，说了一句，谢谢孩子，我就坐在这里，我是毕总的老大哥，我在这里不是客人。

这句话说完，查林的眼泪都快出来了。

亓元说，查局长，您以后就是我的老师了，查老师您往上坐坐吧。

查林还是没动，拿眼看了毕伽索一眼。毕伽索这才挥挥手说，老查，你就往上坐坐吧，你跟她一个小字辈客气什么啊！

十一

那顿晚宴，是查林终生难忘的。在宴会开始之后，他暗暗给自己定下三条原则，一是滴酒不沾，就说自己血压高。读书人是有骨气的，他打算以罢酒来表现自己的骨气。第二，绝不主动敬酒，不吃菜不喝酒不说笑不动地方，他将像一根木头杵在那里。第三，酒过三巡就借口肚子疼，开溜。

可是，宴会开始不到三分钟，他就意识到这三条原则一条也兑现不了。毕伽索代表家乡五百万人民感谢深海市对老区的支持、对外地打工劳动者的关爱、为家乡见学团提供方便，提了三杯酒，大家共同敬邱市长。

直到三杯酒喝完，查林才想起他的三条原则，刚才端杯子的时候，他完全忘了。在这个场合，不要说他的手，连他的大脑都不属于他自己了。至于说到敬酒，虽然他坚持了一会没有主动，可是当弓珲端着酒杯走到他面前之后，他慌忙站了起来，弯下腰说，弓书记为家乡人民连日奔波，辛苦了，你随意，我喝干。弓书记没有随意，而是一饮而尽。他一激动，接着给自己倒了两杯说，那好，弓书记你喝一杯我喝三杯。等到邱市长等人敬酒，他更是受宠若惊，连续三杯三杯地喝，一口菜没吃就晕乎了。这时候他不能溜，溜不动，也不想溜了。

不过，在最初的半个小时之内，他只是晕乎，还没有完全喝醉，他坚持没给毕伽索敬酒。毕伽索似乎注意到了他有点不正常，端着杯子走到他的面前说，老大哥辛苦了，老弟敬你一杯。

查林的心在滴血。你他妈的现在叫我老大哥了，你总算知道给我敬酒了，可是你知道吗，老子不领这个情，老子受够了！

他听见自己的嗓子眼里拼命地往外冒这几句话，可是这些话并没有从嘴巴里冲出来，冲出来的话是，毕总，谢谢你，请毕总多多关照。毕总有事，尽管吩咐。愿为毕总效犬马之劳。

说完这几句话，他抓过酒瓶，干脆把茶杯里的剩茶倒在地上，咕咕咚咚倒了一满茶杯，摇摇晃晃地举到毕伽索的面前，像牛一样往下灌。

毕伽索预感到要出事，赶紧示意亓元把杯子从查林的手里夺下，查林挣扎着又把杯子抓到自己的手里，然后——他威武不屈地向四周看了看，这时候四周在他面前一片波浪，翻滚着升腾着——他费力地睁开双眼，迈动发软的双腿，走一步突然腿一软，差点儿单腿跪在地上。他昂起头来，瞪着一双茫然的眼睛，再向四周看去，突然笑了一下，就像宁死不屈的仰天大笑。然后他端着茶杯，向邱市长走去，向弓书记走去，向张秘书长走去……所有的人都看清楚了，他走一步就要瘸一下，好像一条腿长一条腿短，走起来一高一低，走一步喝一口。

毕伽索的脸顿时白了，厉声吼道，老查，你要干什么，别喝了！

亓元等人赶紧围上去想夺下查林的茶杯，他用胳膊肘挡住了，哈哈大笑说，别夺我的杯子，毕总让我敬酒，我要喝个够，轻伤不下火线，老子绝不当逃兵！

后来的事情就一发不可收拾。

查林是在第二天上午醒过来的，当时还在输液。毕伽索就坐在他的床边，等着他醒来。查林感觉哪里不对劲，睁开眼睛，看见毕伽索，愣怔了半天，突然从床上翻下来说，毕总，毕总，你怎么在这里？

毕伽索面无表情地说，我倒是要问问你，你说你为什么在这里？

查林说，不知道啊，奇怪啊，我记得昨天晚上咱们在一块喝酒，我怎么会到这里，这是哪里？

毕伽索冷冷地说，这是医院。

然后又指着输液瓶问查林，知道这是什么吗？

查林怔怔地看着输液瓶说，离得太远，你把它拿下来我看看。

毕伽索还是毫无表情地说，不用了，这是稀释酒精的药，溶剂是生理盐水。可是医院里给醉汉解酒，通常都用葡萄糖。

查林看着毕伽索，一脸无知，突然瞪大了眼睛说，啊，不是给我输葡萄糖吧，我有糖尿病啊。

毕伽索说，这个你放心，你昨天住进来的时候，我就交代过他们，不能给你输葡萄糖。你知道吗，如果一个人想弄死一个人，他有一千个办法，所以他不会采用最愚蠢的办法。

查林倏然睁大了眼睛，惊恐地问，毕总，你这话是什么意思？

毕伽索并不理会查林，两眼望着输液瓶，继续沿着自己的思路说，一个人不想弄死一个人，他也有一千条办法，而且每条办法都是好办法。

查林半天没吭气，好像想起了什么，不安地看着毕伽索说，毕总，我是不是做错了什么，让你不高兴了？

毕伽索说，无所谓，我毕伽索，大丈夫能屈能伸，逃兵的儿子我当了五十年，我还在乎什么？

查林彻底醒了，突然号啕大哭，继而掩面而泣，毕总，我昨天喝多了，出丑了，我对不起毕总的厚爱，刚到深海就给毕总丢脸。毕总，我对不起你啊……

毕伽索面无表情地看着查林，似乎在判断什么。等查林的哭声稍微拉长了节奏，毕伽索说，当然，我也有粗心的地方。老查，我请你来，可不是让你喝醉的，只要你把事情做好，怎么都好商量，钱不是问题。但是，如果你想在我毕伽索面前做点什么文章，那后果你是清楚的。

毕伽索说这话的时候，亓元陪同弓珲来看查林，刚刚走到病房门外，两人不约而同地放慢了脚步。弓珲做了个手势，把亓元引到病房外面说，小亓，昨天晚上喝酒，查林同志好像有点不太正常，他和毕总之间到底是什么关系？

亓元想了想说，查老师是毕总请来的。

弓珲见亓元回避，就把话题扯开，关切地问集团的一些情况，还问了一些个人的事情。末了问了一句，去过毕总的家乡吗？

亓元回答，没有，但是很想去，我就是因为毕总的家乡才到毕总的集团上班的。

弓珲惊讶地说，啊，还有这么回事？

亓元说，我在网上百度"梦为集团"，没想到百度出一个

"韦梦为"，我把梦为集团和韦梦为联系在一起，所以，我就选择了梦为集团。

弓珲意味深长地问，你现在还这么认为吗？

亓元沉默了一阵，避开话头说，那个韦梦为，太让我敬佩了。

弓珲若有所思地说，哦，原来是这样。我代表韦梦为的后人，欢迎你到韦梦为的故乡，也希望你能领略韦梦为的时代。

亓元说，我会去的，事实上我已经去了很多次，梦里。我还会唱他写的歌，鲜花岭上鲜花开，平等世界人是人。

弓珲不说话了，看着亓元。亓元看着远处。远处是上午的蓝天，水洗一般纯净。蓝天下面堆积着初夏的白云，宛如簇拥的城堡。

作为皋唐县的一把手，弓珲对韦梦为自然不陌生，但他没有想到亓元是因为韦梦为才误打误撞到了梦为集团，毕伽索的事业，沾了"梦为"这个品牌不少光。弓珲说，是啊，这个人，确实不同寻常，一个连咖啡和牙粉都要进口的阔少，把全部家产都交给革命了，天下为公，追求平等，这种境界，非凡夫俗子能够理解的。

亓元说，我很小的时候，奶奶给我讲过一个童话，小动物联合起来战胜老虎的故事，让我非常着迷。后来我研究生毕业，找工作的时候，查询梦为集团资料，引出一个链接，这才知道，那个童话的作者是韦梦为，童话的名字叫《鲜花岭上鲜花开》，我觉得这太神奇了，好像冥冥中我和这个人有一种联系，必然让我找到他。

弓珲说，是很神奇啊，我没有读过那个童话，但是我知道他写的一首歌："鲜花岭上鲜花开，花开时节红军来，红军来了为平等，平等世界人是人。"还有他那句名言："一个人幸福是不道德的幸福。"

亓元说，我很喜欢他翻译的作品《苦难英雄》，对照了几个版本，包括修订本，还是韦梦为翻译得最好，我感觉其中有他自己的体验。据说，他是最早提倡红军干部读文学作品的。

弓珲说，惭愧，这个情况我还真的不太了解，没想到韦梦为还是个文学家。

亓元说，很多革命家都是文学家，比如陈独秀、毛泽东、瞿秋白、方志敏、沈泽民，这些人让我对中国革命有了新的认识。

弓珲叹道，如今这个世界，还有你这样的年轻人，真是难能可贵。

亓元笑笑说，我喜欢，喜欢就是理由。

弓珲说，听说毕总对他父亲的事情一直没有放下？

亓元说，是的，已有的结论确实有疑点，可是证据不足。

弓珲说，哦，是这样啊，我倒是希望能够弄个水落石出。 我们党讲究实事求是。 如果亓处长有兴趣，到实地考察一下，也许会有新的发现。

亓元说，等时机吧，我暂时还脱不开身。

后来就到了查林的病房。

弓珲对查林说，我们在深海的见学任务已经完成，下午就要回皋唐了，特意来向查老师告辞。 弓珲交代查林，毕总在为家乡人争光，家乡人要给毕总提供正能量。 老家那边请放心，有什么事，组织上会关照的。

那一年的春天，毕伽索的事业进入到良性循环状态。 毕伽索的办公室里有一幅巨大的中国地图，上面密密麻麻地插着小红旗，标注着集团麾下学校的分布情况。 毕伽索在集团中层以上管理人员大会上说，知道我们为什么叫梦为集团吗，因为我的家乡有个韦梦为，田地横跨三省五县，商号遍布大江南北。 我毕伽索的梦想，至少在中国，凡是有人的地方，就有梦为集团属下的分公司和学校。

毕伽索的讲话很有煽动性。 在这次讲话之后，梦为集团的新人们才知道，梦为集团之所以叫梦为集团，原来有这样一个背景。 但是有一点毕伽索没有告诉大家，韦家这庞大的产业，实际上是败落在韦梦为的手里。

那一年亓元认识了弓珲，恰好不久之后因为毕启发的宣传问题同毕伽索闹了点意气，弓珲邀请她去皋唐县看看毕总的家乡，她就向毕伽索递了请假条。一个意外的收获是，在干街，她意外地遇到了一个人，乔司令的儿子乔梁，小伙子是理科留学生，假期回国，被乔大桥强行派到干街调研西华山战役的历史，更让她意外的是，乔大桥给儿子指令的任务是，调查毕启发离开队伍那几天的去向。虽然她不知道乔大桥此举的目的，但是这个课题还是吸引了她，两个年轻人很快就达成共识，并且一道考察了西华山战役旧址，果然有了新的发现和线索。不尽人意的是，后来因为乔梁假期满了，这项调研半途而废了。

亓元在淮上采风的日子，正是查林峰回路转的日子。等他彻底酒醒之后，毕伽索派人把他接到一个去处，这回是个总统套间。

安顿下来之后，小江拿出一份协议书，让查林过目，他一条一条看了，最关心的当然是年薪那一款，还没看完心脏就突突地跳了起来，二十万，天哪，二十万元人民币，这在皋唐县，差不多可以买一套房子了。

且慢，小江告诉他，这只是底薪，毕总有话，如果工作出色，还有额外奖励。

查林睁着一双受惊的眼睛，抠抠眼窝问，可是，到底让我干什么工作？

小江说，毕总说了，他的心思你最懂。

查林不说话了，发了一阵呆，突然站起来对小江说，孩子，你转告毕总，我老查，老骥伏枥，一定不负重望，坚决完成组织上交给我的任务，捍卫毕老爷子的一世英名，一定，一定……

查林的声音越来越小，说到最后，小江感觉就像有一只蚊子在她的耳边嗡嗡。

查林果然进入了他一生中创作的泉涌阶段，前十天里，他每天都要把那段写在《茅坪战斗中的毕启发》和那上面的批注看上一遍。那时候他知道了，那些漂亮的小楷字不是出自老学究，而是亓元写的。他简直不敢相信，简直觉得那个脸上始终挂着平静的微笑的女孩不是人，简直就是一个狐仙。批注上面的每一个字都熠熠闪光，每一个字都能幻化成灵感，灵感就像夏天原野上空噼里啪啦的闪电，照亮了他思维世界的天空。终于，在亓元从皋唐县回来之前，他完成了《西华山战役中不为人知的秘密——"逃兵"毕启发九死一生的奇迹》。把稿子发到毕伽索信箱之后，他决定狠狠地奖励一下自己，独自到街上的小酒馆喝了两瓶啤酒，回到豪华包间，坐在马桶上，眼泪无声无息地流了十几分钟。

第二天下午，毕伽索把他叫到集团的办公室，客气地让他坐下，然后拿出他的稿子问他，老查，你觉得你写得怎么样?

他忐忑地观察毕总的表情，毕总没有表情。他的心顿时又慌乱起来，结结巴巴地说，毕总，我水平有限，可是，我是尽心尽力的，我可以改，只要您不满意，我就继续修改，直到您满意为止。

毕伽索站了起来，还是一副公事公办的面孔，是需要改，必须改!

他的心呼啦一下提到了嗓子眼，惶惶地站了起来，毕总，您吩咐，我一定实现您的愿望……

毕伽索看着查林，像看一只奇怪的动物，看了好久才把稿子往桌子上一拍，大喊一声，老查!

查林吓得腿都打战了，冷汗直冒，毕总，我在。

毕伽索走到他面前，拍拍他的肩膀，左一下又一下，拍得查林神情恍惚。毕伽索拍够了，把查林的脸扳起来，看着他的眼睛说，老查，查大哥，你终于开窍了，你终于干了一件正经事情。记住这个日子吧，这是你创作生涯中最值得纪念的一天。

转眼之间恍若隔世，查林的嘴巴张了几下，什么也没有说出来，只是嘟哝了一句，毕总……

毕伽索说，哈哈，我也不跟你卖关子了，这是一篇非常科学、非常客观、非常艺术的文章。

查林还是不放心，试探着问，毕总，您不是说需要改吗？

毕伽索说，是需要改，只要改一下标题，把"逃兵"两个字去了就行了。

查林如梦初醒，长长地呼出一口气来。这时候他才明白，毕伽索实在太在意"逃兵"这个字眼了，加上引号也不行。

离开毕伽索办公室的之前，毕伽索扔给他一张支票，三十万元。查林拿着支票的手不禁剧烈地抖动起来，三十万元是个什么概念？这是他几十年笔耕全部稿费的若干倍，如果让他重新回到文化局，恐怕他写到死也挣不来这么多稿费。他眼泪汪汪地说，毕总，您待我真是天高地厚，您指向哪里，我就打向哪里。

这篇文章，后来被亓元评价为"像是真的，不是真的"。查林对这个评价感恩戴德，他知道，毕伽索之所以充分肯定这篇稿子，关键就在于亓元说的这个"像"字，这个字太重要了。不是真的，像是真的，多么精辟的语言，唯其因为"像"，才是艺术啊！

不料才过去一个星期，风向大变，先是毕伽索精心组织的试讲会被老爷子搞砸了，幸亏是试讲，洋相仅限于小范围。接着网上出现质疑，弄得毕伽索也很紧张。毕伽索网上挨骂的第二天早晨，他就神秘地到银行，把钱转到老伴的账户上，他寻思，万一毕伽索反悔，要收回那三十万，那他就横下心来，要命一条，要钱没有。

好在毕伽索并没有反悔，似乎早就把那三十万忘了。

这件事情发生在一年前，这一年里，毕伽索很少再提"不为人知的秘密"了，而是让他协助亓元办报纸，经常去陪老爷子和老太太吃饭，年薪仍然二十万。

十二

这段时间，亓元第二次出走，而且一去不返，《梦为之声》再次由查林负责。集团麾下几千名教师，政治、历史、地理各个专业的人才都有，但是文章写得一般。查林盘算，毕伽索给他年薪二十万，还是合适的，他当这个主编是称职的。自从得到干街要建名人墙的信息，隐藏在他心里的那颗种子又蠢蠢欲动了。毕总待他不薄，毕总的心思他最懂，他要为毕总分忧，要主动作为。帮助毕总搬掉压在他心上的那块大石头，当然还是要从老爷子那里打开突破口，所以这一个多月，只要有时间，他就到老爷子家里吃饭。

毕伽索难得回来吃饭，照例要喝一杯。吃过饭，于兰花推着老爷子在院子里溜达，毕伽索和查林跟在后面散步。毕伽索说，老查，干街要建文化街的事情你知道了吧。 查林说，知道了。 毕伽索说，你对这件事情怎么看？ 查林说，经济发展了，有钱了，各个地方都在搞文化建设，这也是趋势。

毕伽索说，是啊，是好事，可是……毕伽索不说了。

查林说，毕总是考虑名人墙的事吧？

毕伽索看看查林，又抬头看着远处。

查林说，这些天我也在想这件事情，修名人墙，有些历史就会被重新提起，可能会有一些负面的东西。 不过，老爷子在茅坪战斗中的表现，组织上是有结论的。 可以扬长避短，不提西华山战斗，把茅坪战斗的事情放大，以毕总的影响，我想当地政府不会不顾及毕总的感受。

毕伽索说，这个我想过，确实存在这种可能，但我心里还是不舒服。 茅坪战斗不能说明问题。

查林无语，他知道，毕伽索的心结还是在西华山战役上。

毕伽索说，我就一直不明白，我爹参加新四军之后，很快就在茅坪战斗中立了一功，为什么会在西华山战役之前开小差，不符合逻辑啊。

查林没法回答，心想，这有什么不符逻辑的，战场是复杂的，人的心理也是复杂的，什么情况都有可能发生。 只是，这话他不敢对毕伽索说。 查林说，还是亓处长那句话，关键要搞清楚，老爷子在同主力失散之后，在西华山战役展开那几天，他在哪里，做了什么？

毕伽索说，查大哥，你陪我爹吃了那么多饭，有没有什么新线索啊？

查林说，毕总，你看老爷子，能吃能喝，就是不能说，他要是能说，早不就说清楚了吗？

毕伽索怔怔地看着查林说，那你说，这件事情就这样了？

查林心里一咯噔，听出了毕伽索的不快，沉吟片刻才说，毕总，我不是这个意思，我觉得，老爷子在西华山战役中的表现一定另有隐情，那年你把我调到深海来，我连夜看了那篇文章《西华山大战在即，蒋夫人前线劳军》，还有亓处长写的《茅坪战斗中的毕启发》，那一夜我都没有睡好，我一直琢磨亓处长写在文章外面的"记忆混乱""漏洞"和"存疑难查"，这三句话，可以说为老爷子翻案提供了理论依据。虽然我的那篇文章没有得到认可，我有责任，但是，我并不认为那是彻底的失败，而是成功的开始。

毕伽索来了精神，嗯，你是这么看的？

查林说，亓处长对我那篇文章的评价有八个字，"像是真的，不是真的"，原先我们都满足于一个"像"字，错就错在这里。现在，只要毕总你下决心，我就再做一次努力，要把这句话变成

"像是真的，就是真的"。

毕伽索的脸上不易觉察闪过一丝惊喜，你有把握？

查林说，关键还是亓处长说的，那几天老爷子在哪里，他既没有回部队，也没有回干街，他总不能到天上转一圈等战斗结束后再下来吧？

毕伽索回忆了一下说，国民党的医院不是有证明吗，被乱炮误伤。

查林说，亓处长的批注写得明白，国民党医院的证明不足为信啊！

毕伽索皱着眉头说，不要老是被亓元牵着鼻子走，再说，她已经背叛集团了。你就不能换个思路？

查林这次却没有退却，以肯定的口气说，不，亓处长说得对，必须把那几天老爷子的行动搞清楚。

毕伽索说，你是不是有线索了？

查林说，是的，这段时间我一直在做功课，终于发现，我们过去都是被那张旧报纸带到迷雾中了，被老爷子说的救了蒋夫人这句话给害了。

毕伽索异样地看了查林一眼。

查林马上改口说，老爷子那个说法，把我们的思路引偏了。毕总我向你报告，昨天，我的研究有重大突破。

毕伽索吃了一惊，停住步子，侧过脸来，看看查林问，重大突破？

查林说，昨天，我在网上看见一篇文章，西华山战役前期，还发生过一次规模虽小却很激烈的战斗，那是国军家眷转移的途中，被日军一个班和汉奸一个中队追击，在长岗北侧黄庄发生激战，眼看日军快要追上家眷队伍，从敌后传来枪声，打乱鬼子阵脚，国军一个排掩护家眷突围，由国军蜀涧埠阵地派出主力，将家眷接走。

毕伽索问，这同老爷子有什么关系？

查林说，关系重大。敌后，敌人的背后，传来的枪声，是谁打的？完全有可能是老爷子和他的三个战士，因为征粮来到黄庄，遇到鬼子尾随国军家眷，出其不意从背后包抄，从而掩护了国军家眷转移。

毕伽索眯起眼睛想了一会说，我爹他说救了蒋夫人。这个怎么解释？

查林说，至于宋美龄到前线劳军，是个谣传，可能是国军旅长戈璧山他们为了鼓舞士气放出的烟幕弹，参战的新四军应该也听到了这个谣传，遇到有女人的队伍，想当然认为这就是宋美龄和她的卫队，所以他们认为救了蒋夫人。

毕伽索说，有点道理，可是我爹还说是在干街打的啊！

查林说，这个确实是个疑点，只能解释老爷子在那次战斗之后神经错乱，张冠李戴了。

毕伽索不说话了，看他娘推着他爹从远处缓缓地走过来，然后对查林意味深长地笑笑说，老查，你别急，还是把事情搞清楚，免得又是一个"像是真的，不是真的"。说完，到他爹娘面前打个招呼，进门夹起皮包，走了。

查林碰了个软钉子，很是郁闷，回到住处，打开电脑，再去看那篇新出现的文章。这篇文章虽然发在"历史勾陈"网站上，公开征询信息，可在查林的心里，隐隐感到这篇文章就是为他而发的。

关于西华山战役，《淮上抗战史》是这样记载的，1945 年 4 月，日军侵华部队已经进入穷途末路，为了实施战略撤退，集中三个联队的兵力和汉奸部队三万余人，进攻淮上守城寿春，企图打通东进路线。国民党淮上守军暂停反共摩擦，在西华山一线阻击，戈壁山第一三六旅担负北线阻击任务。新四军淮上支队以民族大义为重，派出洪文辉独立团扼守蜀涧埠、流波、马念道等要地。战斗前期，独立团先后打退敌人十几次进攻，战斗中负伤兵员，皆转送一三六旅战地医院抢救。战斗第七日，日军突破顾山防线，独立团伤亡过半，残部仅三百余人。为确保主峰西华山，新四军淮上支队命令洪文辉增援西华山南侧界岭，并构筑长岗阵地，钳制敌进攻西华山主峰兵力。 当夜日军集中兵力围攻长岗高地，并实施炮火袭击，洪文辉在战斗中负伤，七连连长于诚志在高地即将落入敌手之际，命战士在阵地埋上地雷，二排长乔如风带领仅剩的三名战士边打边撤，吸引敌人进入阵地，于诚志在工事里拉索引爆，蜂拥而来的日军和汉奸百余人丧生，于诚志与敌同归于尽。

这个记述同毕启发没有任何关系。

自然，长岗战斗不是西华山战役的全部。 查林殚精竭虑，在三十多场大大小小的战斗中，试图找到毕启发的踪迹，但是没有。

恰巧就在这天夜里，查林发现信箱里面出现一个电子邮件，提示他注意发生在流波的战斗。

流波战斗发生在西华山战役前期，一架美军战斗机被日军击落，飞行员跳伞后被流波民众藏匿，国军派出马彪少校率领一个特务排和翻译黎露女士前往流波寻找，遭遇日军搜查部队，双方在流波基督教堂南侧的林家大院僵持，持续巷战，战斗一昼夜，马彪少校率部救出美军飞行员，获青天白日勋章一枚。

这件事情跟毕启发有什么关系，查林想破脑袋，还是没有想明白。

十三

韦子玉这次给毕伽索打电话，客气多了，问他那一亿三千万到底考虑好了没有。

毕伽索想了想说，再考虑考虑。

韦子玉在电话里说，大哥，前几天选址，我回老街了，老街现在只有一些老人和孩子，稀稀落落十几幢破房子，有的还是草顶土墙。西头你家那块，一间房子都没有了，杂草齐腰深，看着好凄凉。

毕伽索说，是啊，年轻人都到新街去了，老街很快就彻底消失了。以后，只能回忆了。

韦子玉说，我有个想法，还不成熟……

毕伽索说，咱们兄弟谁跟谁啊，有话尽管说。

电话里传来嘁嘁拉拉的声音，感觉韦子玉下了很大的决心，才把说说出来，很神秘的样子。韦子玉说，大哥你在深海老乡中一呼百应，能不能考虑为干街做点实事？

毕伽索警觉地说，做什么事，我们要在马岩湖建度假村，不就是为干街做事吗？可是你们不支持。我打算拿一亿三千万赞助你们的文化街，可是你们连我最起码的要求都不能满足。我还要做什么事?

韦子玉说，实话说，我不是太希望你拿钱赞助文化街，况且文化街也用不了多少钱。我的真实想法……话到此处，韦子玉打住了。

毕伽索静静地等待。

韦子玉说，我有一个梦想，可是我没有能力实现。我的梦想其实也是大哥你的梦想，而且你有能力实现。

毕伽索说，县长老弟，又跟我绕什么弯子?

韦子玉说，在跟你通这个电话的时候，我不是县长，我是你的干街乡亲，是你的街坊老弟。

毕伽索说，你这么一绕我明白了，你还是想搞你的那个唐宋村，解决空巢老人和留守儿童的问题。这不是我力所能及的事情。

韦子玉说，你带个头，就会有更多的企业家开辟这个事业。

毕伽索说，我就算带这个头，也没有人会响应，企业家是要赚钱的。

韦子玉说，金钱本来就是泥土，一切都是泥土，包括原子弹，也包括你和我，都将成为一抔黄土。要钱何用?

毕伽索说，要钱没用你还跟我谈什么?

韦子玉说，要钱有用，做有用的事，做有价值的事。

毕伽索说，企业不是慈善机构，你跟一个企业家谈这个问题，合适吗？

韦子玉说，我认为是合适的，因为你是个有长远眼光的人，是个大企业家。

毕伽索说，子玉老弟，你是家乡政府的副县长，我认为你应该做的事情，首先应该集中精力把文化街建好，而不是满足乔大桥还有你的小资情调。那东西是害人的。

韦子玉的声音突然变了，好像注入了一种叫作情感的东西，毕伽索似乎从韦子玉的声音里看出了他神往的眼睛。韦子玉说，憩园，憩园，你知道憩园是什么吗？

毕伽索心里一震，猛地喊了一声，你说什么，亓元，亓元在哪里？

韦子玉说，憩园就在你的家乡，唐宋村就是你的憩园。

毕伽索傻了，愣了半天才说，老弟，我看你是走火入魔了，我真的要提醒你，你有了今天不容易，你不能跟着乔大桥不着边际了，他已经退休了，你的路还很长。

韦子玉没有理会毕伽索的劝告，仍然沉浸在一种忘我的情绪中，喃喃地说，憩园，不仅是你的憩园，它也是我的憩园。在我们这个车轮滚滚物欲横流的世界里，我们最需要的就是心灵的一块净土。毕大哥，毕总，今天我是鼓足很大勇气来跟你交流感情的，我不是叫花子，我不是来找你化缘的，事实上，我是在帮你。帮你找回一颗爱心，有爱心的企业家才是真正的企业家而不是商贩。

说完这话，韦子玉把电话挂了。

毕伽索情不自禁地把手机举到了眼前，似乎想从屏幕上再把韦子玉拉回来，抓住他的衣领问问他，亓元她到底在哪里？一分钟后再拨韦子玉的号码，韦子玉已经关机了。

这一切来得那么突然，消失得那么彻底，让毕伽索恍若隔世。

愣了半晌，毕伽索把妻弟唐斌的电话拨通了，怎么回事，韦子玉的脾气突然大起来了，是不是受到什么刺激了？

唐斌想了一下说，脾气大了吗，我没怎么觉得，倒是感觉他有点消沉了。这兄弟别看当个副县长，还是个书呆子。

毕伽索说，书呆子不错，可是也不至于胡言乱语啊。

唐斌惊讶地问，怎么胡言乱语了？

毕伽索说，我问你，梦为集团的亓元最近有没有出现在干街？

唐斌一头雾水，没有啊，你那个能干的助手我是见过的。

毕伽索说，她已经辞职了。可是，就能刚才，我跟韦子玉通电话，他居然说，我的亓元在干街，干街就是我的亓元，我们大家都需要亓元。 这不是胡说八道吗？

唐斌愣了半晌，在电话那边叫起来了，姐夫，我明白了，他说的那个憩园，不是你说的那个亓元，他那个憩园就是他的唐宋村，它不是人，是一个……唉，我也说不清楚它是个啥，反正不是你说的那个亓元。

毕伽索怒吼，到底怎么回事，一个个都不会说话了，简直中邪了！

唐斌说，前几天韦子玉又去干街一趟，他听镇长郑弋阳说，省里电视台有人到干街考察，要在老街搞个项目，憩园，主要目的是帮助空巢老人和留守儿童。 据说这个项目同当初乔大桥提出的唐宋村有很多相似的地方。 自从那次之后，子玉就有些魂不守舍，经常就跟我们念叨，说这个创意好，名字好，政府给土地和税收方面的优惠政策，吸引成功人士归根，就可以带动老街建立一种怀旧的生活方式，人类应该诗意地栖居啊。 我们也觉得他有点魂不守舍了。

毕伽索这才明白，他说的亓元同韦子玉说的憩园确实是两码事，但是他还是被韦子玉的憩园拨动了一下。 毕伽索问唐斌，韦子玉到老街干什么，他以为他是乔司令，衣锦还乡啊！

唐斌说，主要是找洪雨声了解老街的历史。 那个洪雨声你记得吧？

毕伽索说，有点印象，供销社的老职工，一辈子没娶老婆，疯疯癫癫的。

唐斌说，就是他，棺材里放个电话机，说他经常跟韦梦为通电话，韦梦为告诉他，革命就是要让所有的人过上好日子。你听听，韦梦为死了都快七十多年了，通个鬼电话啊。上次乔大桥去干街，他又这么说，把乔大桥都吓了一跳。不过老街现在确实像个鬼街，一群黄土埋在脖子的人住在里面，也没有电，夜晚阴森森的，万户萧疏鬼唱歌啊！

毕伽索问，韦子玉就是为这事消沉吗，不至于吧，当今像老街这样的空城多得是，他一个副县长能管得过来吗？

唐斌说，所以我说他是书呆子呢。那个唐宋村，虽然在招商引资洽谈会上立项了，但是各级政府都把注意力放在文化街上。子玉可能是受乔司令的影响，对所谓的唐宋村偏偏格外上心，好像真的有点反常了。

毕伽索说，什么唐宋村，异想天开。

唐斌说，是啊，完全说痴人说梦，眼下，各级关注的都是文化街。只有乔大桥和韦子玉，好像得了复古病，偏偏这时候，有人提出要在干街建憩园，美其名曰，提供另一种生活方式的样板，所谓诗意地栖居，同乔大桥和韦子玉之流不谋而合。

毕伽索怔了半天，说了一句，见鬼了。

放下电话，抽了一支烟，毕伽索习惯地按了一下按钮，说了声，到我办公室来一下。

进来的女孩让毕伽索吃了一惊，是小江。 这时候他才想起来，亓元已经辞职两个多月了。

毕伽索挥挥手，让小江离开了。

直到亓元离开十多天后，毕伽索才从董华民的嘴里知道了亓元当初最终来到集团的原因。 原来在她硕士毕业前夕，市电视台已经非常看好她了，但是程序很复杂，宣传部一位副部长暗示她可以帮忙，至于条件，副部长说，你是聪明人，聪明人会办聪明事。 亓元对这么赤裸裸的暗示给予赤裸裸的回答，亓元说，像我这样一直读书的女孩子，钱是没有的，色吗有一点，可是，我的原则是，即便有一万个女下属同领导睡觉，但我不会。 只有一个例外，就是我找你，但是现在我没有找你的打算。

副部长说，我不是那个意思，我的意思是，以后你就是我的人了，你得听我的话。

亓元说，那就更不可能了，我不是任何人的人，包括我未来的丈夫。 我是我自己的人。

副部长从来还没见过这么油盐不进的女孩，有些恼羞成怒，但是最后还是给自己找了一个台阶，说他就喜欢这样有个性的女孩，他会帮助她进电视台的，如果电视台进不了，他分管的所有的和文化有关的单位都可以考虑。

亓元说了声谢谢，转身走了，不久就到了梦为集团。

董华民介绍的这个情况，同此前毕伽索分析的可能性八九不离十，但是董华民又讲了另外一件事情，则是毕伽索始料不及的。董华民说，我听小江说，亓元爱上了一个人。

毕伽索问，谁？

董华民说，韦梦为。

毕伽索怔住了，目光空洞地说，爱上了一个死了七十多年的人，这可能吗？

董华民说，当初她之所以选择了梦为集团，是因为她在网上查询梦为集团的时候，网页上弹出了"韦梦为"。小江说，她的资料夹里，关于韦梦为的资料，有上千万字。

毕伽索倒吸一口冷气，叹道，这个人，这个人啊，她想干什么，她要考古吗？

一个火花从记忆深处炸开，毕伽索终于想起了一件事情。那是在亓元进入梦为集团不久，有一次他到行政处的办公室，发现亓元的写字台上有一张黑白照片，一个戴着金边眼镜、西服革履的年轻人，从领带样式看，应该是二十世纪初的人物。他当时好像还问了亓元一句，亓元是怎么回答的，他记不清了，应该没有正面回答。以后，他再也没有看见那张照片了。难道，那是韦梦为？ 联想到他在《梦为之声》杂志上看到的小说《夏日之晨》，毕伽索的心脏突然一阵悸动，那时候他认为，是因为他的存在而引起亓元对韦梦为的重视，而真相极有可能是，因为她发现了韦梦为，才选择了梦为集团。 她到梦为集团是来寻找那个幽灵的。

终于，毕伽索想起来了，亓元当初辞职离开他办公室的时候，楼道里口哨的旋律是——鲜花岭上鲜花开。

十四

这天毕伽索没有回父母那里，而是把查林叫到集团的餐厅，两个人喝酒谈事。 毕伽索说，老查，我现在越来越反感名人墙，你知道为什么吗？

查林一惊，他当然知道毕伽索为什么反感，可那是说不出口的理由啊。 查林说，名人墙上人，未必皆英雄。

毕伽索说，那倒不是，他们拉的那个名单，都是硬邦邦的。可是，在干街的历史上，名人多了去了。 中华文明五千年，谁家没有几个七品官呢？ 你知道这话是谁说的吗？

查林笑笑说，韦梦为啊，这句话在淮上地区家喻户晓，当年还拿出来作为批判韦梦为的依据。

毕伽索说，对了，这些天我在想，韦梦为他们闹革命的时候，想过要上名人墙了吗，扯淡。韦梦为他们闹革命，就是要把自己搞成穷光蛋，有福同享，有罪同受。可是现在为什么还要分高低贵贱呢？

查林的眼睛瞪得老大，他发现毕总好像突然换了一个人，思想境界超凡脱俗，不得了啊！他只是不明白，毕总的境界为什么突然间升华了。

关于那一亿三千万，到底要不要投进去，查林自然不能替毕伽索拿主意。两个人聊了一会就散了。

有一点查林判断对了，随着干街文化街逐步推进，压在毕伽索心头的石头也就越来越重，在这个时候，唯一能为毕总排忧解难的就是他，如果他再不拿出来有力的证据来刷新毕启发在西华山战役中的表现，那么毕总随时都有可能把他一脚踢出门外，二十万年薪从此灰飞烟灭。

这天夜里，查林辗转反侧，后半夜披衣下床，查林打开电脑的同时打开一瓶啤酒，他突然发现，信箱里又出现一封信，就是简单的几句话：时间，时间，空间，空间。

查林稳稳神，开始按照电子邮件提供的链接，打开一篇文章《西华山战役之流波战斗》，上面详细地介绍了国军马彪少校率领小分队寻找美军飞行员的过程，把马彪的功绩吹得天花乱坠。

在这篇文章的下面，还有马彪等人在流波镇基督教堂南侧同日军激战的照片，那是美军飞行员拍摄的。查林对照了一下时间，发现那个时间正是毕启发等人不知去向的时间，也就是说，那几天，毕启发完全有可能出现在流波，参加了一场遭遇战，同马彪一起营救美军飞行员。至于国民党的报纸为什么只字不提，只能理解马彪贪天之功为己有。

查林一个激灵，找出放大镜，开亮了房间所有的灯，撅起屁股去看那张照片，依稀看到一个角落，几个士兵正在伏在断墙上射击。他翻来覆去地研究，试图认出其中的一个，果然他成功了，或者说他感觉他成功了，那里面有一个人，他越看越像毕启发，后来他简直认为，那就是毕启发。

天哪，那一瞬间，查林差点儿晕了过去，把半瓶啤酒喝完，拿起手机就要给毕伽索打电话，按了两个按键之后，他又把手机挂了。

查林冷静下来，考虑的第一个问题是，谁给他发了这篇文章？他坚信不疑，是兀元，那个来无影去无踪的神秘女子，只有她会这样做。至于她为什么要这样做，他不清楚，也不想清楚，总之是有原因的。

查林考虑的第二个问题是，最好能找到马彪，但他很快就打消了这个念头，因为从网上查了无数次，里面既有记者的报道，也有马彪等人的回忆文章，绝口不提关键时刻有人相助，那时候讳莫如深，现在更是死无对证了。 第三个问题是，如果说毕启发参加了流波营救美军飞行员的战斗，那为什么毕启发口齿尚清的时候老是说"老子不是逃兵，老子打干街了，老子指挥三个人，打了一天一夜，守住了东头学校，救了蒋夫人"。 这是白纸黑字留在档案上的毕启发的自供状，就是因为这句话，所有的人都认为毕启发胡扯。

关于"救了蒋夫人"，查林一直坚持认为，当时确实有宋美龄到西华山国军部队劳军的传说，这个传说新四军的部队应该也有耳闻。 甚至，像毕启发这样没有见过世面的人，在前线遇见过家眷，把女翻译当成宋美龄，都是有可能的。

现在剩下最后一个问题，那就是毕启发为什么一直强调"老子打干街了"，整个西华山战役，干街并没有发生战斗，毕启发此言从何而来？

直到天亮，查林也没有想明白，他感到自己确实无能为力了，这个问题不解决，所有的假设只能是假设。 他庆幸自己没有贸然向毕伽索报喜，否则又会遭到毕伽索的鄙视。

一个星期后，毕伽索打电话告诉查林，皋唐县近日要召开"干街文化街研讨会"，邀请他参加，他现在有点犹豫，请查大哥也帮他权衡一下。

毕伽索问查林,最近有没有新的发现? 查林老老实实地说,有一线火光,可是很快就熄灭了。 然后就一五一十地讲了这段时间网上得到的信息。 尽管他一再强调,还是没有解决老爷子为什么说"老子打干街了"的疑问,但是他能感觉到,毕总对这个情况非常重视。

果然,放下电话不到半个小时,毕总的汽车就在楼下了。 毕伽索到了查林的房间,二话不说,盯着网上的文章和照片,看着看着眼睛就直了,出气就粗了。

毕伽索惊愕地看见,在一个网页上,干街的老照片和流波的老照片放在了一起,在照片的下面,一个署名"初心"的人在《迷雾》一文中这样写道:这就是所有的迷雾的根源,也是所有迷雾的答案。

毕伽索怔了一会,突然一拍桌子,激动地问查林,查大哥,你看见了吗,所有的答案都清楚了,都清楚了!

毕伽索大声喊着,手舞足蹈。

查林却傻傻地看着毕伽索,不知所措。 他没有从照片里看出他想看出来的东西。

毕伽索说,我爹他不是逃兵,我爹他确实参加了流波战斗,他同鬼子打了一个遭遇战,他在流波抗击鬼子,协助国军马彪少校营救了美军飞行员。

查林怀疑毕伽索走火入魔了，小心翼翼地说，毕总，你怎么啦，就这两张照片，就能说明问题吗？

毕伽索说，太能说明问题了。你不懂吧，我告诉你，你看这教堂，看看教堂旁边他们战斗的这个建筑，这是学校，这个教堂和学校，跟干街的教堂和学校是一个人设计的。时间，是同一个时间，空间，被误认为同一个空间。我明白了，我明白了，我总算明白了……我明白得太晚了……不，现在明白正是时候……我爹他没有出过远门，他在征粮的途中，在山上，看到了山坳里的教堂和学校，他以为那就是干街，他要回到干街去征粮。可是，就在他前往的途中，遇到鬼子搜捕美军飞行员，在那里展开战斗。营救美军飞行员的，不仅是国民党军马彪少校的部队，还有我爹指挥的小分队啊！

毕伽索语无伦次了，上气不接下气，两眼迷离，泪花闪烁。

查林傻眼了，怔怔地看着满脸通红的毕伽索，不知所措，嘴里喃喃地说，毕总，像是真的，不是真的啊，你这样说牵强附会啊！

咚地一声，毕伽索把鼠标扔在桌子上，大喊一声，胡说，我说是真的，就是真的！

查林说，可是，所有的资料，所有的报纸，没有说老爷子参与这场战斗啊！

毕伽索咬牙切齿地说，查林，老查，你查的资料，你查的报纸，都是国民党的。那时候，国民党表面统一抗战，背地里摩擦反共，他能把真相告诉世人吗，他能像我爹那样把打死一个鬼子的功绩分一半给乔如风吗？不可能！

查林怔怔地看着毕伽索，诚惶诚恐地说，毕总，你这么说，我太高兴了，我太……也许，这件事情真的要水落石出了。

毕伽索斗志昂扬地说，你等着，我必须回去参加他们的研讨会，不仅我回去，我还要让我爹回去，让我爹站起来告诉他们，他不是逃兵，他是西华山战役流波战斗的英雄。

再往后的局势就不是查林能够控制的了。

第二天，查林怀着一颗五味杂陈的心，跟着毕伽索把老爷子推到机场，推上飞机。坐在头等舱里，他才没话找话地问，毕总，你说，是谁帮咱们把这段历史搞清楚了？

毕伽索说，除了她还有谁？

查林说，可是她，她为什么帮我们，她已经离开了啊。

毕伽索说，你问我，我问谁？

查林说，这太奇怪了。

毕伽索没有马上回答，突然仰起脑袋，望着远处说，一个幽灵，在干街，在西华山，在梦为集团，在我们的头顶上游荡……

查林愣住了，他感觉这话有点耳熟，可是眼前的毕伽索却让他感到陌生了。

十五

这年的七月七日，皋唐县召开"干街文化街研讨会"，参加会议的省市县各级领导和专家共有二百多人。住进宾馆后，毕伽索翻阅会议资料，意外地发现乔大桥也来了，就住在同一楼层。放下会议秩序册，毕伽索的心里五味杂陈，他突然产生一个冲动，按图索骥找到了乔大桥的房间。开门的是一个理着寸头的年轻人，自我介绍是乔大桥的儿子乔梁。问明来意，乔梁高兴地说，你就是毕伽索叔叔啊，我爸爸去干街了，明天才回来。毕伽索心里一动，问，你爸爸去干街干什么，乔梁说，去找洪雨声爷爷，还是为唐宋街的事。说到这里，乔梁神秘一笑说，毕叔叔是大老板，当心哦，你们见了面，我爸爸恐怕要敲诈你。

毕伽索拍了拍乔梁的肩膀说，这小子，你以为你爸是军阀啊，你爸就算是军阀，你毕叔叔也不是财阀，他敲不出多少油水。

乔梁说，那可不一定。我爸爸退休了，他要打家劫舍，把你的钱敲出一部分给干街的空巢老人和留守儿童。

毕伽索哦了一声，半天才回过神来说，啊，你爸爸还这么看得起我?

乔梁说，我爸爸，毕叔叔是他的发小，是干大事的。

毕伽索笑笑说，这小子，你是帮你爸爸忽悠我吧。

乔梁说，哪能呢，我说的是真话。

离开乔大桥的房间，回到自己的房间，回味乔大桥的儿子说的几句话，毕伽索觉得心里怪怪的。

第二天早餐过后，毕伽索在宾馆院子里散步，一辆车子缓缓进了大门，在毕伽索的身边停下来，一个头顶闪亮的半大老头冲出车门，大呼小叫地扑过来，毕得宝，毕得宝，你这家伙，三十年没见了，发大财了——毕伽索顿时明白了，这是乔大桥，这家伙，已经老得让他认不出来了。

毕伽索说，乔大桥，乔司令啊，没想到在这里见到你了。

乔大桥说，什么乔司令，我现在是光杆司令了，叫我乔大哥啊，你是我失散三十年的兄弟啊!

毕伽索怔怔地说，失散三十年的兄弟? 哈哈，乔司令，乔大哥，你还是那个率领我们在干街走南闯北的胡传魁啊!

乔大桥哈哈大笑。 韦子玉凑上来说，乔司令，毕总早就不叫毕得宝了，他现在叫毕伽索。

乔大桥眼睛一瞪说，什么毕伽索，不伦不类的，我就叫他毕得宝。

韦子玉看看毕伽索，不怀好意地说，毕总，你看，你们兄弟之间……

毕伽索说，毕得宝就毕得宝吧，乔司令他是不忘旧情，我听着舒服。

这就见面了。上午无事，毕伽索请乔大桥喝茶，两个人讲了很多话，讲了这三十多年各自的经历，然后就进入主题，讲到了"西华山战役中的毕启发"。毕伽索讲得很细，讲得很动感情，讲到了毕启发多年的屈辱，讲到了他调查掌握的证据。讲到最后，毕伽索说，说到底，我父亲和你父亲是一起参加革命的，冒昧地说，我们两个的父亲是战友，乔大哥你说是不是？

乔大桥说，这话还用讲吗？我父亲活着的时候，经常给我们讲他和你家老爷子一起打鬼子的事。

毕伽索受到鼓励，神色庄重地说，那我就把话挑明了，你要帮帮我，把这段历史重写。

乔大桥没有马上搭腔，沉思一会才说，老弟，你做这个事情，想达到什么目的呢？

毕伽索说，不同的阶段有不同的目的，我的初衷是改变我父亲的逃兵身份，但是现在，我只想做一件事情，还历史以真相。你不会认为我无理取闹吧？

乔大桥说，你觉得有把握吗？如果没有把握，我建议你此事

105

还是不提为好。

毕伽索说，原先是没有把握，牵强附会，但是现在，我看到希望了，我掌握了足够的材料。

乔大桥说，那我再问你一句，这件事情如果澄清了，你是不是要把老爷子的像挂到干街的名人墙上？

毕伽索迟疑了一下说，这个，我还没有想好。

乔大桥说，此前我听说，你不遗余力地做这件事情，就是为了这个目的。

毕伽索老老实实地说，是的。可是，就在这两天，我突然有了更多的想法，我对我做的事情不怀疑，我怀疑的是结果。

乔大桥深沉地看了毕伽索一眼，点点头说，哦，原来是这样，那就再想想，我们都静下心来想一想，我们做这件事情的目的是什么。

乔大桥和毕伽索喝茶的时候，预备会也在紧锣密鼓地进行。其他的议程都很顺利，但是在名人墙名单上出现了意外。韦子玉宣读了毕伽索来之前提交的意见，他坚持要把他爹的像挂在名人墙上，这个意见成为预备会的一个笑话。县政协一名常委义愤填膺地宣布，如果皋唐县敢把毕启发的照片挂在名人墙上，他将退出筹备组。

中午饭后，县委书记弓珲安排了一个小小的会谈，专题研究这个情况，请副省长何敏一起听取了毕伽索的理由，最后何敏拍板，给毕伽索一个机会，让他讲述"西华山战役中不为人知的秘密——毕启发九死一生的奇迹"。

决定性的时刻到来了。

七月八日下午，在皋唐县小礼堂里，一百多人济济一堂，各自怀着复杂的心情，等着看毕伽索的讲演。毕伽索深深地吸了一口气，登上讲台，打开电脑，先放了一段西华山战役的资料片，然后播放流波战斗的推理片。毕伽索娓娓道来，从毕启发奉命征粮离开主力部队讲起，讲到误入流波镇，阴差阳错同国军马彪少校相遇，共同阻击日军，并掩护马彪少校和美军飞行员撤离的全过程。

毕伽索最后说，我爹的悲剧在于他没有文化，不能准确地表述他的战斗经历，他的关于"在干街打鬼子，救了蒋夫人"等等胡言乱语，把我们带到一团迷雾之中。而今天，这个迷雾被太阳驱散了。我爹失踪的那天，他没有逃跑，而是执行征粮任务到了流波，到了那个被他误认为是干街的地方，在那里同日军相遇，阻击了鬼子，掩护马彪少校护送美军飞行员离开了战场。我爹他是个抗日英雄。

毕伽索讲完了，会场一片安静，过了很长时间，才有人小声嘀咕，这是真的吗，这太传奇了。

韦子玉站起来说，毕总，你的推理确实很精彩，可是，推理不等于事实，我们不能把你的推理作为证据。

毕伽索面无表情地说，我不是推理，这是事实。

韦子玉说，我们尊重事实。你的证据呢？

毕伽索指着屏幕说，证据都在那上面，你们什么都能相信，为什么就不能相信我？

韦子玉说，我们只相信证据。

就在这时候，从后排传来一个声音，我这里有证据。

大家愣住了，举目望去，后排站起来一个亭亭玉立的年轻女子。

弓珲站起来介绍说，各位领导，我现在介绍一个专家，亓元同志，她已经受聘为我们"干街文化街"的文史顾问。请亓元同志为我们介绍她的最新研究成果。

毕伽索愣住了，亓元走过他身边的时候，他控制了自己的情绪，湿润地问了一声，亓元，我读不懂你啊！

亓元笑了笑说，你用不着读懂我，你能读懂这段历史就行了。

亓元走到坐在轮椅上惴惴不安的毕启发的面前问，老人家，您还认识我吗？

毕启发的眼睛突然睁大了，看着亓元，嘴里嘟嘟囔囔不知说些什么。

亓元笑笑，拍拍毕启发的肩膀说，老人家，请你看一样东西。

说完，亓元转身，走上讲台，走到电脑旁边，插入 U 盘，播放了一段视频。画面上出现一个满脸紫癜的外国老人，吃力地向亓元比画着，佝偻着腰蹒跚走向书柜，从里面找出一个相册，取出一摞照片，一张一张地翻检。突然，画面上的亓元将其中的一张照片重新找回来，久久地凝视。亓元又找了几张照片，向美国老人征询意见。

外国老人书写了一段话，交给画面上的亓元。

屏幕下面，现实中的亓元移动鼠标，出现了另一张画面，在一条"抗战老兵英雄事迹报告"的横幅下面，毕启发趴在地上，做射击状。

亓元说，这一切要从两年前毕总组织的这次"抗战老兵英雄事迹报告"试讲会讲起。在讲到流波战斗的时候，老人家突然反常，当时就是这个姿势，这个姿势让我十分震惊。他喊鬼子来了，并不是怕鬼子，因为他在喊这一声之后，还有一句"卧倒"，并且是射击的姿势而没有抱住脑袋。于是我想，在抗日战争时期，在西华山战役中，他作为一名排长，下达的是战斗的命令，卧倒之后是射击。正是因为这个发现，我对毕启发的逃兵身份产生了怀疑。

毕伽索诧异地看着侃侃而谈的亓元，百感交集。

电脑旁边的亓元说，历史留下了很多漏洞，就从那一天起，我走近了其中的一个。 此后，我从政协文史资料委员会调出一篇关于流波战斗的回忆文章，顺藤摸瓜找到了原美军飞行员威廉的消息，在弓珲书记的帮助下，我于一周前到美国找到了这位老人，终于，一切迷雾都澄清了，就像毕总推理的那样，像是真的，也确实是真的。

毕伽索望着神情自若的亓元，恍若隔世。

亓元没有顾及毕伽索，又点击了几下鼠标。

屏幕上，照片被不断放大。 前面远处，隐隐约约看见钢盔，那是树林里的日本兵。 照片上近处的军人，正伏在一截断墙后面射击，枪口处飘着一缕硝烟。 他的臂膀被放大了，臂章上面的字迹模糊不清。 镜头移动，放大，再放大，虽然那是一张面孔的大半个侧面，但是没有人认识这张面孔。

随着画面移动，出现几行英文笔迹，下面配有中文翻译：就在日军快要追上我们的时候，从右边的树林里冲出来几个士兵，向日军猛烈射击。 我亲眼看见领头的士兵，在变换位置的时候腿上中了一枪，他仍然向其他的士兵呼喊什么，同时向日军连续扔了两颗手雷，他的战斗姿势给我留下了极其深刻的印象。 当时我问马彪少校，这几个士兵是不是他的下属，马彪少校只是含糊地告诉我，那是友军的士兵。我判断这个"友军"应该是新四军的部队。我不顾马彪少校的催促和阻挠，匍匐到侧面拍下了这一组照片，我希望以后找到这些英勇的士兵。后来在中国军队的一个指挥部里，翻译黎露女士告诉我，那确实是新四军的士兵，带队的是一个排长。此后中国军队打扫战场，发现他们中间已有三人阵亡，排长的伤腿再次负伤。我委托黎露女士到医院调查，但是迟迟没有消息，后来我就回国了。直到二十年后，黎露女士才从台湾给我寄了一个包裹。

偌大的播映厅里，静悄悄的。亓元移动鼠标，屏幕上的美国老人，颤颤巍巍地打开一个锈迹斑斑的箱子，一层一层地打开绸布，里面出现了一个破旧的臂章，正面"新四军"字样清晰可见。镜头旋转，呈现臂章背后的表格，向人们的眼前推出三个字：畢啟發。

亓元说，我所了解到的，就是这些了。

大厅里传来轻微的骚动，轮椅上的毕启发嘴里发出含糊不清的声音，用手拍打着轮椅。主持会议的韦子玉站了起来，走到毕启发的面前，毕启发不再作声了，瞪着韦子玉，显然他已经认不出韦子玉了。

韦子玉转过身去，对亓元点点头说，亓元同志，我相信你说的一切。 只是，我还有一个小小的问题，你和毕总都坚持说，老爷子误把流波当成干街，所以造成了迷雾，我也接受这个观点，因为这两个地方确实像，老人家过去没有到过干街以外的集镇，他把二者混为一谈是完全有可能的。 我的问题是，你们是如何判断出老人家这个误会的，这是揭开谜底最重要的一个环节。

毕伽索说，这个我来说。 我最初的困惑就是，我父亲脱离部队，那三天他在哪里，亓元和查林也被这个问题难住了。 直到前不久，有一个神秘的人连续给查林发来了几个邮件，附了两张老集镇的照片，下面的说明文字只有八个字：时间，时间，空间，空间。 就是这两张照片和这八个字，让我醍醐灌顶，茅塞顿开——时间，是同一个时间，空间，被误认为同一个空间。 这就是问题的症结所在。 所以我们得出结论，老爷子嘴里的干街，其实就是流波。

韦子玉说，我完全相信这个判断，可是，到底是谁，发来这八个字和两张照片呢，亓元同志，是你最早发现的吗？

亓元说，这是一道十分复杂的方程，不是我能够解开的。 也许，乔梁博士能帮我们解开最后的谜底。

亓元说完这句话，大家便都转过头去，只见小礼堂中间靠后的位置上，站出来一个理着寸头的年轻人，微笑走上讲坛。 年轻人站定，笑容可掬地说，干街乡亲，我是乔如风的孙子，乔大桥的儿子乔梁，奉我父亲之命，今天来向家乡父老乡亲汇报。 关于毕启发爷爷的事情，我爷爷在世的时候一直惦记着，他多次对我父亲说，他不相信毕启发会当逃兵，因为在茅坪战斗之后，两位爷爷又参加过几次战斗，他们互相见证了对方的成长和勇敢。刚才大家看到的毕爷爷臂章上的"畢啟發"三个字，就是茅坪战斗之后我爷爷帮毕爷爷写上去的。 可是，由于毕爷爷记忆混乱，使得问题越来越复杂，越来越说不清楚，我爷爷无能为力。 爷爷去世前仍然交代我父亲，要关心这件事情。 直到有一年假期，父亲让我回到干街，研究这段历史，恰好遇到亓元姐姐。 她告诉我，最后的难题就是毕爷爷说的那句"在干街打仗"无法解释。我后来向我父亲报告了这个情况，我父亲调来西华山战役资料，在家研究了很长时间，有一天他告诉我，他终于明白了，毕爷爷把流波误认为干街了。 我问父亲，他是怎么发现这个奥秘的，父亲告诉我，他是军人，军人对时间和空间比常人更加敏感，正确的时间到达正确的位置，就是胜利。 在那场战斗中，毕爷爷没有在指定的时间到达指定的位置，却意外地到达了更需要他的位置。

乔梁说完，会场的空气出现了凝固。 在人们期待的目光中，乔大桥站了起来，走到前排，向毕启发走去。 在毕启发的面前，乔大桥缓缓地举起右臂，敬了一个礼，庄重地说，毕叔叔，我代表我父亲向您道歉，直到今天才为您恢复名誉。老人家，请看，这是我父亲留给您的最后的礼物。

屏幕上出现了两张照片，一张是乔如风和毕启发的合影，另一张，就是亓元刚刚介绍过的威廉拍摄的战地照片。台下的人们很快就发现，原先不认识的那个正在射击的战士，现在认识了，他和乔如风身边的那个人是同一个人——年轻时的毕启发。

不知是谁带的头，一个人站起来了，两个人站起来了，接着，所有的人都站起来了，大家把目光投向毕启发。就在这个时候，出现了意想不到的一幕——毕启发双手撑着轮椅，扭动着，挣扎着，突然站了起来，并且伸出一只手在胸前拼命地舞动，嘴巴一张一合，声音很大，却没有人听得明白。亓元挤到前面，抓住毕启发的手，听了一会，直起腰说，老人家，你是说，还有三个，对吗？

毕启发顿时安静下来，浑浊的眼睛看着亓元，突然咧嘴笑了，笑着笑着，两行老泪滚滚而下。

十六

毕启发的这个插曲，使得研讨会的方向在不知不觉中发生了变化。但是有一个共识，既然毕启发是抗战英雄，上名人墙应该是顺理成章的，如此，满足了毕伽索的夙愿，毕总捐赠的一点三亿也是水到渠成的。

乔大桥没有参加后来的会议，带着儿子向毕启发父子告别之后，就到干街了。

组织上委托韦子玉到毕伽索下榻的宾馆去跟毕伽索磋商，没想到毕伽索却变卦了。毕伽索问韦子玉，你认为这个名人墙能说明什么问题？

韦子玉被他问得愣住了，反问毕伽索，你想让它说明什么问题？

毕伽索说，不管它能不能说明什么问题，我都不想花这个钱了。我的钱，也是血汗钱，我得把它用到需要它的地方。

说完这番话的当天下午，毕伽索就带着老爷子离开了皋唐县城，亓元和弓珲一直送到机场。

话别的时候，亓元对毕伽索说，毕总，把那一百万元给我吧。

毕伽索诧异地问，你，亓元，你需要钱？

亓元说，我为什么不需要钱？

毕伽索怔怔地看着亓元，亓元还是不见波澜地微笑，紫蓝色的连衣裙在微风中像一面款款飘动的旗帜。毕伽索点点头说，我明白了，如果我说给你一千万，你不会觉得我是冒犯你吧？

亓元说，我只接受我应该得到的那一部分。

毕伽索抬头看看天，又转头看看亓元说，好的。

亓元说，谢谢。

毕伽索挥挥手，向弓珲和亓元致意，然后就推着轮椅过安检了。

一年后干街文化街建成，不过，远远不是当初设计的规模。名人墙的项目被取消了，只是在韦梦为故居的基础上塑了一尊韦梦为的雕像，建了一块占地五亩的广场，周边安上了路灯，供老人跳广场舞，据说全部预算也就是五十万元。 一度成为空巢的干街渐渐地又活泛起来了，文化街东西两侧，分别竖起两座门楼，东边是十几幢摩肩擦踵的仿古房屋，商铺饭馆茶楼药店戏台手工作坊一应俱全。 西边多是一些实用而时尚的建筑，学校医院工厂宾馆超市错落有致。 东边的日子逍遥自在，西边的事业红红火火。 两年后，干街被省里评为特色集镇，很多在外地打工的年轻人又回到了故乡。

辑二

红霞飞

序:"精神"的"神"

　　写战争,而不写战斗,对于我个人来说,《红霞飞》是个首例,说来话长。

　　自《历史的天空》之后,我越来越集中于中国革命战争题材创作,思考越多,课题越多。我特别感兴趣的是,在革命之初,尽管毛泽东等伟人已经预见到中国革命高潮"是站在海岸遥望海中已经看得见桅杆尖头了的一只航船""是立于高山之巅远看东方已见光芒四射、喷薄欲出的一轮朝日",但是那个时候,对于农民、工人和士兵来说,"革命"还是一个抽象的概念。这些并不知道革命的前途、对革命一知半解的底层革命者,在强敌和艰难困苦面前,浴血奋战、前仆后继,支撑他们的动力是什么,他们为什么而战? 现成的答案是,为信仰而战——由生不如死到向死而生。那么,信仰是怎样进入这些人的心灵的? 我们还能找到现成的答案,譬如通过减租减息和打土豪、分田地,让他们得到革命的实惠,譬如思想建军、支部建在连上,以及各种教育、动员、诉苦等活动,统一他们的思想,激发他们的革命热情,等等,都是培养理想信念的有效手段。

但是,这些手段并不是全部手段,甚至不一定是最有效的手段。

就在这种顺藤摸瓜似的研究中,我发现了一个奥秘,或者说发现了红军的一个秘密武器——"红军为啥打胜仗,红军白军不一样。红军打仗为信仰,白军打仗为吃粮;红军砍头风吹帽,白军风吹两边晃;红军住宿上门板,白军过境如虎狼;红军官兵亲兄弟,白军敲诈又克饷……"这首歌是我编的,在《红霞飞》里通过人物之口唱了出来,但是这个"编"不是瞎编,是根据大量的历史资料和红军时期文艺节目改编的,虽然在艺术上略显粗糙,却一定程度揭示了红军能打胜仗的奥秘。

1929 年 12 月,红军第四方面军召开第九次代表大会,即古田会议,决议第四部分专题阐述红军宣传工作,明确了宣传队的规模结构,"军及纵队直属队均各成一单位,每单位组织一个中队,队长队副各一人,宣传员十六人,挑夫一人,公差二人"。1929 年 8 月,周恩来代表中央起草的给红四军的"八月来信",称赞红四军关于"宣传兵"的组织,让人联想到宣传兵是一个兵种,直接把宣传工作作为战斗力构成的一部分。

以后,我多次研读古田会议决议,从浩如烟海的史料中想象红军的一次次征战,似乎能够看见,在土地革命的腥风血雨中,在饥寒交迫的长征路上,在艰苦卓绝的抗日战场上,始终活跃着一支特殊的队伍,他们是照亮黑暗的灯,是融化冰雪的火,是凝聚精神的神,他们,就是自古田会议之后一直伴随中国革命的特殊兵种——文艺宣传队。

如果说,红军宣传队是凝聚红军精神的"神",那么,这样的人又是什么样的人,他们如何超越了普通人的普通,从而成为引导精神的神,是我创作《红霞飞》的目标所在。

我写小说,一向习惯于"大处着眼,小处下手",古田会议决议专门为宣传队规定了"挑夫"编制,让我眼前一亮,很快找到了下手之处。经过一年多的酝酿,脑子里渐渐有了何连田、杨俊华、马德、郑振中这样一群小人物形象,他们诞生于底层,成长于普通,在那些特殊的场景里,他们一半是动物一半是植物,有时候是人,有时候是土。他们在战争中死去活来,他们在极限的饥寒交迫中仍然一口气活了几十年,他们在猜忌和斗争中实现了人性的深度理解,他们在九死一生中让灵魂净化得像蓝天白云。一句话说到底,我想知道,他们是怎样由人进化为神的,因为今天,我们尤其需要他们。

《红霞飞》本来只是一个长篇小说的开头,但是写着写着,我发现这个宣传队在红军时期的故事已经相当完整了,就拿出来先当中篇小说发表了,其实还有一个目的,就是想听听读者的意见,如果读者感觉意犹未尽,我再接着写下去。

红霞飞

一

何连田不晓得啥叫错误，只晓得自己犯了错误。党代表跟他说，洗澡避女人，这是红军的规矩，坏了规矩就是犯错误，犯了错误就要受处罚，没有打他军棍就是好的了，要是犯在耿天阶手里，不死也得脱层皮。如今让他到宣传队里当挑夫，天高地厚了。

党代表说这话的时候，何连田耷拉着眼皮，心里凄惶得很，不敢拿正眼看党代表。党代表问他，你还有什么意见没有？何连田说，那敢情好。

何连田只读过半年私塾，斗大的字识得两箩筐，嘴拙，平时

123

不怎么说话，上级叫干啥，就是一句话，那敢情好。

党代表说，态度是好的，那就这样吧。

何连田背上自己的铺盖卷，就到宣传队报到了。宣传队的队长是个女的，名叫杨捷慧，那当口正在喝茶，端着小茶盅一口一口地抿，慢吞吞地问何连田，几岁啦？

何连田说，十七了。

杨捷慧放下茶盅，站了起来，打量何连田一番，好像有点不相信，说，十七了，才这么点高？

何连田说，在家挑水卖，压的。

杨捷慧说，哦，在家就是挑夫，也是穷苦人。

何连田不言语。杨捷慧又说，挑夫也是革命工作，意义重大，不能马虎哦。

何连田还是耷拉着眼皮说，那敢情好。

挑夫是啥样的革命工作，意义怎么重大，何连田不甚了了。部队从闽西打到赣南，又从赣南打回闽西，他挑着宣传队的道具、服装、锣鼓，还有印刷宣传品的油印机、蜡纸、钢板，从上杭到上犹，又从上犹到上杭，脚底板长出厚厚的趼，感觉自己好像比过去长高了一些。

何连田有时候想，自己冤得很。部队从井冈山开到闽西，天天打仗，身上结了一层痂，自己闻着都臭，上面没说不让洗澡，洗个澡就算犯了规矩？ 新惠那地界，冬天也起雾，热气腾腾的，山根池塘里的水热得能煮熟鸡蛋，不用花钱就能洗上热水澡，听说朱军长和毛委员也在那里洗澡，我洗一下怎么就犯规矩了？没有说清楚嘛。

有时候想想，又觉得不冤。 洗澡归洗澡，你看人家女伢子作甚啊，况且还看了好几眼。 第一眼是没办法，无意撞上的，可是第二眼、第三眼，没有人按着你的头皮看。 洗澡没有避女人就不妥当了，存心看女人更不妥当，这件事情放到老家的村里，会被人戳脊梁骨的，人前人后抬不起头啊，让你当挑夫算是给你留了面子，你冤个啥？

何连田嘴拙，脑子不笨，想法也不少。 宣传队二十几个人，跟他说话的不多，特别是那几个女队员，从来不跟他搭腔。 有时候让他送道具送服装，就喊"哎"，"哎，过来一下"，"哎，帮我把板凳搬过来"，好像他的名字就叫"哎"。

最让他憋屈的是，杨队长把他当成小伙计了，经常让他烧水沏茶。 杨队长腰里扎着皮带，皮带上别着手枪，脚上还穿一双皮靴。 听说杨队长是国民党军校的学生，参加过南昌起义。 这个人脾气大，爱训人，宣传队里的几名干部，副队长王振寰、夫子郑振中，都怕她，她给他们布置任务，一向都是说一不二。 就连一向鼻子朝天的编导马德，在她面前也收敛三分。

杨队长还有一个毛病，爱喝茶，就像喝酒一样，有瘾，部队打仗打到哪里，她都要向战斗部队要茶叶，特别喜欢武夷山的高埔茶。有人反映她特殊化，太军阀习气了。但是反映没用，她还是要喝茶，照样要人伺候。

杨捷慧喝茶和别人不一样，她有一套专门的茶具，从烧水、沏茶、倒茶都有讲究。何连田没来之前，是队里的勤务兵伺候，她嫌不好，教何连田做了两回，觉得小伙子动作轻，时机把握得好，很喜欢。后来那一次，她抿了一口茶，咧嘴闪出两排白牙说，好，小何，以后就是你了。何连田心里很不痛快，差点儿就说，我不是勤务兵，我是挑夫。可是这话他没说，嘴巴张了几下说，那敢情好。

宣传队里顶让何连田佩服的，是夫子。夫子名叫郑振中，是个读书人，嘴里常常"之乎者也"，遇到高兴的事，讲"呜呼"，遇到不高兴的事，讲"哀哉"，后来被杨捷慧说了一通，酸溜溜的，就不能学会讲人话？郑振中虽然不高兴，回了一句"有辱斯文"，但此后还是收敛了许多，很少"呜呼哀哉"了。郑振中不怎么待见何连田，还时常让何连田倒夜壶，但他是个大学问人，何连田给他倒夜壶也没有怨言。

上半年部队在汀江跟国民党军干仗，一纵队的营长耿天阶化装成国民党军副官，带领二十几个红军战士化装成国民党军，押

126

着冒充的"赤匪"俘虏，骗取敌人的信任，混进汀江城，在国军团部里好吃好喝，半夜里打开城门，一举拿下汀江城，受到了军部的表扬。纵队党代表亲自下命令，让宣传队写个剧本。郑振中只用了半夜工夫就把剧本写好了，名字叫《里应外合》。只不过，为了让杨捷慧上场，把男"赤匪"改成红军女战士。

话剧排练好后，给每个支队都演过，也给地方群众演。何连田挑着道具，扁担上挂着一个皮囊，里面装着铜炉、铜壶、茶盅和木炭，有时候还要带上泉水，跟着宣传队走南闯北。每次演出前，杨捷慧都要喝茶，何连田一边伺候这个姑奶奶喝茶，一边暗暗着急。渐渐地他就琢磨出名堂了，杨捷慧上台前喝热茶，能把脸上喝出两片桃花。喝了茶，上台后的扮相就好看得多。

演出开始之后，何连田不用挑东西了，也不用伺候杨捷慧喝茶了，就混在后台看，看得热血沸腾。看的时候他就想，当兵就要当耿天阶这样的红军，比岳飞都不差。慢慢地他就有点明白了，当初杨队长说，挑夫也是革命工作，意义重大，看来不是蒙他，确实意义重大，因为戏里面的道具都是他挑的。不过，过了当时，何连田的心里又有一些想法，他觉得还有比挑夫工作更有意义的事情，比如像耿天阶那样直接跟敌人干，再不济，能够在台上扮演耿天阶，也可以过一把瘾啊。当然，这是痴心妄想，他知道自己没有那个能耐。就像郑振中说的，演戏，那也是要有学问的。

朦朦胧胧中，何连田晓得了，杨队长说的意义，并不是指他的挑夫工作，而是指宣传队的工作，因为每次演出，演到耿天阶打开城门，红军取得攻城胜利的时候，部队都是嗷嗷叫。 特别是演到假装被俘的女红军解开捆绑的绳子，接过男主角王振寰扔过来的两支手枪，啪啪啪几枪，把敌人城墙上的灯笼打灭的时候，高潮就到了，部队呼啦啦就站起来了，大喊，冲啊，杀啊，打进城门，夺取最后的胜利！ 那喊声不光是在看演出的时候喊，一直喊到战场上，一直喊到战斗结束，一直喊到战斗胜利。

何连田也喊，夜里做梦喊。 在何连田的梦里，那个大智大勇的人既不是耿天阶，也不是王振寰，而是他何连田。 他何连田挥舞驳壳枪，指挥部队英勇前进。 在何连田的梦里，那个红军女战士也不是杨捷慧，而是，而是……常常是梦到这里就急醒了，因为他一直不知道他最想见到的那个女战士是谁，也许是王紫蓝，要不就是秦文吧，她们都比杨队长年轻。

梦里醒来，何连田很快就晓得自己的想法是愚蠢的，因为在演戏的时候，那个女红军必须是杨捷慧而不是王紫蓝或者秦文，因为只有杨捷慧能够手持双枪把灯笼打灭，真枪实弹，一打一个准。 就是因为这个，上面才把杨捷慧调到宣传队里当队长。 纵队就这一个女神枪手，不能让她冲锋陷阵轻易死掉了，郑振中就是这么跟大伙说的。

有一回，部队开到富田，准备打一个大仗，宣传队照例要去演出动员。演出地点在大地主廖欣雨公馆的廖家楼，廖家楼有真正的戏楼，后台还有化装室和茶室。演员们准备停当，杨捷慧就让何连田端上茶具，到茶室喝茶。茶室里有一种矮脚椅子，大家没有见过，副队长王振寰一屁股坐下去，吓了一跳，嗷的一声跳了起来，原来矮脚椅子是软的，坐上去乱晃悠。

杨捷慧哈哈大笑说，这是洋玩意，沙发。一边说着，一边稳稳地坐了下去，还前仰后合一番，很得意的样子。王振寰说，这玩意坐着不舒服，我还是到后台看看。

杨捷慧说，你先去吧，有小何在这就行了。

何连田把水烧好，按照杨捷慧教给的套路把茶兑好，杨捷慧就跷起二郎腿，一盅一盅地饮，她饮一盅，何连田就倒一盅，好像饮酒一般。

没想到就出事了。

杨捷慧在茶室喝茶的时候，部队已经集合完毕，演出也准备停当了。先是扮演国民党军官的马德等人出场，上演军阀过中秋节的戏，演着演着，就该假国军押着假俘虏上场了，可是这个时候，杨捷慧还在不紧不慢地喝茶，猛听到后台一声大喊：我是国军三十六团耿副官，抓到红军女俘虏一名，请打开城门，让我们进去!

听到这里,杨捷慧一惊,知道自己该上场了,呼啦一下站了起来,只听刺啦一声,出事了。原来沙发的弹簧断了,一截钢丝戳出布面,挂住了杨捷慧的裤子。

杨捷慧弯腰察看,大腿下面的军裤被撕开一尺多长的口子,露出了光芒四射的红花内裤。杨捷慧高声骂了起来,他妈的,裤子破了,这怎么上台啊!

何连田不吭气,手里的茶壶吓得直哆嗦。

杨捷慧又问,小何,你看看,能看见我的内裤吗?

何连田吓坏了,扭着头,脖子上的青筋都冒出来了,结结巴巴地说,报告队长,我,我看不见你的内裤。

杨捷慧说,看不见内裤就好,可是这样上台也不雅观啊!怎么办呢?想了想又说,小何,把你的裤子脱下来,借我穿一会儿,演出完了再还你。

何连田没有反应过来,稀里糊涂答了一句,那敢情好。何连田说完就后悔了,可是已经来不及了,只见杨捷慧唰的一声抽出皮带,就把裤子脱了。

何连田虽然木讷,可是有个道理他晓得,他不能像杨捷慧那样脱裤子,他除了那条在长汀发的灰布军裤,里面啥也没有,裤子一脱,里面的物件就露出来了。可是不脱又不行,何连田的两

130

只手紧紧地护着裤带，恨不得一脚把屋子里的砖头踩出一条缝隙，一头钻进去。

就在这时候，女扮男装的王紫蓝和秦文从外面嘻嘻哈哈地走过来。两个人站在门口，王紫蓝刚说了一句，队长，赶快上场啊……话没说完，一看屋里这情景，队长穿着一个大花内裤，何连田捂着裤子。二人吓了一跳，像见到鬼一样，你推我搡地往后缩。

杨捷慧大大咧咧地说，我的裤子被弹簧刮破了，让这小子把裤子借我穿一下，他还害臊。你个臭毛孩，有什么遮遮掩掩的，快脱！

何连田可怜巴巴地看着杨捷慧，再看看王紫蓝和秦文，两只眼睛骨碌两圈，突然拔腿就跑。

二

富田那场演出，何连田最终没有跟杨捷慧换裤子，不是他不想换，实在是没法换。杨捷慧还是穿着那条破裤子上场的，好在她扮演的是假装被俘的女红军，本来就是衣衫褴褛。演出的时候，"国军团长"马德灵机一动，假装验证红军女俘虏是真的假的，临时加了一段戏，察看女红军的装束，看到女红军的裤子破了，还色眯眯地说，哈哈，真是俘虏啊，裤子都破了。 又对"国军副官"说，你老兄好福气啊，女"赤匪"的裤子是你撕开的吧?

马德加的这段戏，差点儿惹出一个天大的麻烦，正演着，台下的一个红军呼啦一下站了起来，嘴里还大喊：反动军阀调戏妇女，看我一枪毙了你！ 说完，拉开枪栓就要开枪，要不是身边的连长手快，一把按住，马德恐怕就呜呼哀哉了。

马德死里逃生了，可是杨捷慧却乱了方寸，忘了台词不算，演到高潮戏的时候，枪法也不准了，第三枪响了之后，灯笼没灭，幸亏她有两支枪，左手补了两发，才把灯笼打灭。

杨捷慧火冒三丈，把灯笼打灭还不过瘾，一不做二不休，接着又开了两枪，连演出用的汽灯也打灭了，台上一片黑暗，台下一片混乱。

好在这是尾声，台下的官兵以为本来的剧情就是这个样子的，部队起立高呼口号，打倒国民党反动派，打进富田城，解放苦难人！

散场之后，杨捷慧不知道从哪里找到了一条裤子，换上之后，一边扎皮带一边训斥马德。 当时何连田正在收拾道具，老远看见杨捷慧用手枪点着马德的脑门说，他妈的，借机占老子的便宜啊，当心老子走火！

马德吓得直往后躲，一个劲地嚷嚷，队长你干什么，这不是演戏嘛，我又没有动手。

杨捷慧说，动手？动嘴就该挨打了，还动手！

后来还是夫子出面劝解，说，马德也是临场发挥，没想到取得了意外的效果，更加激发了战士们的仇恨，更加热爱妇女了。

杨捷慧说，这是两码事，马德要写检查。

郑振中说，队长，我看将计就计，马德的检查照写，可是戏里加上国民党军官调戏女红军的内容，倒是可以保留。

杨捷慧一拍手枪说，不是调戏，是侮辱！

郑振中赶紧说，是是是，队长，是侮辱，我看加上侮辱的戏……

杨捷慧瞪着郑振中说，怎么加啊，难道你还想让我穿着破裤子上场吗？

杨捷慧训斥郑振中的时候，何连田正好挑着道具从旁边走过，杨捷慧突然不说话了，盯着何连田，突然想起了什么，冲何连田一挥手说，喂，你过来，说你呢。

何连田心里一紧，挑着担子晃晃悠悠地走到杨捷慧的面前，杨捷慧看着何连田，却想不起来她让何连田过来干什么，想了一会儿才说，我怎么觉得不对劲啊，今天这个事情好像跟你有关系啊！

何连田说，那敢情好。

杨捷慧又想了一下，还是没有想起来，一边的王紫蓝凑上来说，队长，裤子，他没有跟你换裤子。

杨捷慧这才想起来演出前的事，一肚皮恼火都冲何连田来了，你这个挑夫，都参加革命了，居然还这么封建。看看，你不跟我换裤子，闹出多大的笑话！

何连田说，我有罪，有罪。

杨捷慧哈哈大笑说，有罪倒不至于，不过，你得告诉我，换裤子那当口，你跑什么跑？

何连田可怜巴巴地垂下脑袋，一言不发。

郑振中明白是怎么回事了，一拍巴掌说，我晓得了，我晓得了，杨队长，你饶了这孩子吧，他就一条裤子，我是说，他只穿了一条裤子，他怎么跟你换啊，脱了裤子，他就光屁股了啊！

何连田一下子把腰弯了下去，脑袋都快钻进裤裆了。

杨捷慧没听明白，问，什么，脱了裤子就光屁股了，难道他没有穿内裤吗？

郑振中说，杨队长，你是站着说话不腰疼啊，咱们男红军，有裤子穿就天高地厚了，哪里还有什么内裤啊！不怕得罪你，我老郑也是一条裤子啊，要不要验明正身啊？

杨捷慧怔怔地看着郑振中，拍拍腰里的手枪说，老郑，你注意点，再给我耍江湖习气，别怪我不客气。

郑振中说，好好好，我不耍江湖习气，可是我确实一年多没有穿内裤了。

杨捷慧说，那也不许胡说。

想了想又说，你传我的命令，以后，凡是宣传队的人，都要穿内裤。红军战士不穿内裤，这他妈的也太不文明了。

郑振中叫道，不是不穿，是没有啊！

杨捷慧这才皱起眉头，想了想，从上衣兜里摘下自来水笔，又从下面兜里掏出小本子，唰唰写了几笔，撕下来交给郑振中说，你跑一趟，把这个交给二支队的首长，等他们打下富田，把这件事情办了。

郑振中捏着字条，疑惑地说，这个，管用吗？

杨捷慧大手一挥说，叫你去你就去。

纵队宣传队演出的话剧《里应外合》，在二支队产生很大的反响。战前动员的时候，好几个连队都写了血书，说要向一支队一营学习，打一个漂亮仗。有一个名叫邹成卓的连长写请战书说，一支队一营那个里应外合算不了什么，我们这次搞个声东击西，把战果弄得更大，战术更精彩，让纵队宣传队把咱们也编到戏里，演给一支队看。

部队还没有出发，郑振中就找上门来。支队长薛涛一看杨捷慧的字条，倒吸一口冷气，对党代表东方广说，天哪，这个杨捷慧，好大的口气，她以为我会拦路抢劫啊。

东方广问怎么回事，薛涛说，杨捷慧狮子大开口，她居然要我们给她搞一百条内裤。我的部队都没有内裤穿。

东方广也很奇怪，问郑振中，你们要这么多内裤干什么，当饭吃啊？

郑振中咧嘴笑笑说，这个我也不清楚，我们那个杨队长，她家是做大买卖的，你们看着办吧。

东方广想了想说，那好吧，打下富田，你们就让挑夫过来。

郑振中头天回到驻地，富田战斗第二天打响，果然不出所料，经过战斗动员，特别是看了一场大戏，官兵的士气空前高涨，三面围攻，留出一条道，国民党的一个团抵挡不住，跑了三分之二，剩下的缴械投降了。

然后是打扫战场，统计战利品，枪支弹药倒是不少，粮食也有一些，可是一百条内裤从哪里搞，确实是个问题。还是东方广想出了办法，拿战利品到城里换布，几个裁缝熬了一夜，才做成一百条内裤。

这以后，何连田肩上的担子更重了，除了发给宣传队每人两条内裤，还有五十条备用的，要他挑着来回走。走了两圈，又回到富田，宣传队干脆住进了廖家楼，这回总算稳定了两个多月。

三

新年一过，传来一个消息，红四军在古田召开第九次党代表大会，作出决议，思想建党，政治建军。不久，新任纵队政治部主任的东方广专程来到宣传队，宣布正式编制，员额二十人，作为思想政治工作的重要部队，所有队员要重新严格审查，历史不清的、有错误倾向的，要清理出去。

那段时间，马德高兴得很，天天找人谈话。他早就一肚子意见了，宣传队里有很多他不喜欢的人，特别是杨捷慧，让一个资本家的大小姐当宣传队的队长，而且动不动就动粗，这是他十分不能接受的事情。马德找郑振中谈话，明着告诉他，宣传队是传播革命思想的重要队伍，绝不能让杨捷慧这样的军阀余孽再统治宣传队了。

郑振中吓了一跳，问马德，难道你想当队长？

马德笑笑说，我是一个革命者，我不在乎当什么，但是也不能让杨捷慧这样的人当。

郑振中说，你不当，又不让杨捷慧当，你是什么意思啊？

马德说，我就是要把领导权从杨捷慧手里夺回来。

郑振中说，可是，总得有人当队长吧，要是没有人当队长，不就群龙无首了吗？

马德说，如果同志们支持我，我也可以当。老郑，你说，你支持我吗？

郑振中没有马上回答，想了一阵才摆摆手说，拉倒吧，我一个读书人，闹不懂你们的事，我干吗蹚这个浑水啊！

说完，转身走了。马德跟在后面喊，老郑，老郑，你真是……你简直毫无原则。

让马德没有想到的是，郑振中头天夜里拒绝了他，下半夜就改了主意，天亮之后，何连田挑水回来，郑振中就找他谈话。

何连田不晓得什么叫历史不清，也不知道啥叫错误倾向。郑振中就给他上课，说什么叫历史不清，就是参加过旧军队，家庭是大地主、大资本家的。什么叫错误倾向，就是有单纯的军事观念，有流寇思想，有军阀作风的。

何连田问，啥叫军阀作风？

郑振中神秘地说，就是杨队长那样的，动不动就骂人，还动不动就掏枪。还有官兵不一致，欺压士兵。

何连田吃了一惊说，杨队长可没有欺压士兵啊，她跟我们吃一样的饭。

郑振中说，她摆谱，端大小姐的架子，喝茶还要人伺候。她让你伺候喝茶，就是欺压士兵。你要站出来批判她。

何连田吓坏了，连忙摆手说，我伺候她喝茶，是我心甘情愿的，不是她欺负我。 我不能批判她。

郑振中说，你不批判她，就是你有错误倾向。 你当初是怎么到宣传队的，是因为你偷看女人洗澡，你不批判杨队长，我就批判你。

郑振中这么一说，何连田腿都软了，哭丧着脸说，你饶了我吧，你把这件事情说出去，我就没脸见人了。

郑振中说，那就看你的立场了。

后来，东方广果然召开宣传队思想整顿会议，郑振中和马德发言，都说杨捷慧有军阀作风，动不动就拿枪吓唬人，还经常骂"他妈的"，吓得手下的人胆战心惊的。

马德说，什么样子，还让战士给她烧茶，伺候她，搞特权，我们革命，就是要反对特权。

东方广点名让何连田发言，何连田没办法，只好站起来，哆哆嗦嗦地说，我批判杨队长的军阀作风，杨队长让我伺候她喝茶，就是欺压士兵。

那次思想整顿，杨捷慧成了重点，她的很多资产阶级习气、旧军队习气，大家早就看不惯了，七嘴八舌地批评。 东方广担心杨捷慧不能接受，没想到杨捷慧大大咧咧地说，我杨捷慧投身革命，连死都不怕，还怕批评吗？ 什么叫革命，革命首先要革自己的命，自己的命都革不了，怎么能革别人的命？我和大家一样，坚决反对杨捷慧的军阀作风和资产阶级作风，做一个纯粹的布尔什维克。

杨捷慧的话何连田半懂不懂，可是他看杨捷慧讲话的样子，腰板挺直，眼睛发光，每句话好像都是从心里飞出来的，让他想起了那句老话：好汉做事好汉当。杨捷慧是个女人，可是她的做派，就是一个好汉啊。这么一想，何连田更觉得对不起杨捷慧了，开完会后，跑到河边偷偷地哭了一场。

开春了，部队忙着建立根据地，思想整顿很快就结束了。东方广到宣传队来做总结，说这次思想整顿，就是政治建军，统一思想，明确了政治工作是我军的生命线，现在大家的思想都统一了，没有啥大的问题，以后就团结一致做好宣传工作。

东方广宣布纵队政治部的命令，出乎意料的是，郑振中任宣传队长，杨捷慧降为副队长，王振寰提拔为党代表。马德竹篮打水，还是当编导。

何连田一听这个结果，连肠子都悔青了，不该跟郑振中讲洗澡没有避女人的事情，给他落下把柄，要挟自己批判杨捷慧。可是这也不能怪他，郑振中就像他肚子里的蛔虫，不讲他也晓得。再说，他也没有全讲，在新惠那次，他确实很近地看见了两个女子在温泉边上的小树林里脱衣服，那当口太阳还没有落山，天蒙蒙亮，只隔着十几步远，他认出了其中一个还是熟人，是新惠西街杂货店方老板的闺女方圆，白天他跟党代表到杂货铺买蜡烛，就是她打算盘算账的。就是因为认得，他才想多看一眼，而且看了两眼。直到受了处分之后，他才知道，他看见的那个女子不是一般的女子，那女子在龙岩城里读书，是个女秀才。

还有一件事情何连田没有想到，他虽然是个挑夫，却成为宣传队军人委员会的士兵委员。第一次开会他就问郑振中，不是说官兵一致吗，为什么他当挑夫而郑振中当甩手掌柜？

郑振中哈哈大笑说，官兵一致是在生活待遇上，吃饭一个样，伙食尾子一个样，可是分工还是不同的。你会演戏吗，你不会，那就只能当挑夫。你会写标语吗，你不会，那就只能刷糨糊。

这个道理何连田很快就明白了。

何连田发现，降职的杨捷慧好像变化很大。那段时间部队没有流动，在富田一带帮助地方建立政权，宣传队又开始准备新节目，杨捷慧把自己关在廖家楼二楼的绣房里，天天看书。何连田觉得非常对不起杨捷慧，觉得杨捷慧受到了委屈，自己也成了帮凶。杨捷慧这样闭门不出，万一想不开，上吊了可怎么办啊？

可是很快，何连田就发现他的担心是多余的。

那段时间，东方广经常到宣传队。东方广说，古田会议决

141

议，政治工作是我军的生命线。我们有炮兵、步兵、骑兵，那是司令部管的，是直接打仗的。我们政治部只有宣传兵，宣传兵是指挥战斗员的思想的，把正确的思想和信仰装进战斗员的脑子里。

东方广这样一讲，大家就很兴奋，觉得宣传兵比炮兵、步兵和骑兵更重要。

东方广交给宣传队一个任务，就是要根据古田会议决议，尽快写出一台新的节目来，题目是，红军为啥能打胜仗？

郑振中虽然会写戏，可是这样的戏他写不好，就召开诸葛亮会议，让士兵委员何连田也参加。大家七嘴八舌地讨论，一讨论就觉得很神奇，去年红四军不过四千来人，人少枪破战术差，可是国民党军蒋光鼐部队、金汉鼎部队几个师反复会剿，就是打不垮拖不烂，反而越打越大，越打越壮，这是啥原因呢？

郑振中说，因为红军有规矩，买卖公平，洗澡避女人，借门板上门板，深得民心，得民心者得天下。王振寰说，因为红军骨头硬，不怕死。马德说，因为红军善于学习，善于改正错误。王紫蓝和秦文一起说，因为红军有宣传队，能鼓舞士气。

大家发言的时候，杨捷慧一直静静地听，在小本本上飞快地记录。讲了一阵，郑振中让何连田发言，何连田这段时间在士兵委员会里天天讲话，比过去会说多了。何连田说，红军为啥能打仗？我是觉得，红军是给自己打仗，不是给别人打仗。

杨捷慧这些天有点病恹恹的，听了何连田的发言，脸上却放出光来，说，小何，你接着说。

何连田想了想又说，红军为啥能打仗，因为红军和白军不一样，红军打仗为自己，白军打仗为吃粮，红军为了老百姓，白军有奶便是娘，红军打仗不怕死，白军打仗老投降。

何连田一口气说完，脸憋得通红。杨捷慧高兴地说，好，小何这个发言太好了，我有灵感了。

后来杨捷慧根据大家的发言，写了一首五句腔：红军为啥打胜仗，红军白军不一样。红军打仗为信仰，国军打仗为吃粮，有奶便是娘。红军为啥打胜仗，红军白军不一样。红军砍头风吹帽，国军风吹两边晃，转身就投降。红军为啥打胜仗，红军白军不一样。红军住宿上门板，白军过境如虎狼，敲诈勒索抢。红军为啥能打仗，红军白军不一样。红军官兵亲兄弟，白军有权就是王，敲诈又克饷。红军为啥打胜仗，红军白军不一样。红军思想生命线，国军脑子空荡荡，打仗要算账……

杨捷慧把五句腔写好，在队里念了一遍，大家都说好。拿到纵队政治部，东方广高兴地说，红军为啥打胜仗，红军白军不一样，红军有个宣传队，白军蠢材一大帮，不会写文章。

然后就排练，又到各个支队去演，尤其是给地方演出，对老百姓影响很大。 这回大家明白了，为啥红军能打胜仗，因为红军是给自己打仗，给老百姓打仗。 自己的事情，能不上心？

四

古田会议之后不久，红四军兵分两路，先后攻克乐安、永丰，还发动了宁都战役。 这一年是红军大发展的一年，几乎整个江西南部都落到红军的手里。

部队走到哪里，宣传队就把五句腔唱到哪里，听说前委首长和纵队一级的首长都会唱了。 地方的一名县委书记说，八个会不如一台戏，五句腔一唱，大家就知道红军是干什么的了，发动群众有奇效。

不光唱五句腔，王振寰还把五句腔的词编成快板书，只要有空，就在林子里练。 王振寰参加红军之前，当过叫花子，走村串户就靠那一副黄铜一样锃亮的竹板。 有一天早晨何连田到河边挑水，听见半山坡上有动静，放下水桶悄悄地走过去看，只见王振寰一只手举着大竹板，举过头顶，一只手攥着小竹板，气宇轩昂的样子。 大竹板敲出嗒嗒的声音，小竹板窸窸窣窣如窃窃私语。 王振寰打了一阵，口中念念有词，红军为啥打胜仗，红军白军不一样。 红军打仗为信仰，国军打仗为吃粮；红军官兵亲兄弟，白军敲诈又克饷……嘟哩个当，嘟哩个当，嘟哩个当当嘟哩个当……何连田看得入迷，寻思宣传队里还有这手艺，学别的难度太大，打竹板倒是可以试试。不过，这只是一闪而过的念头，眼下，他还得当挑夫。

离开廖家楼的前两天，郑振中传达纵队的命令，要求轻装，郑振中告诉何连田，把那些储备的内裤统统上交给纵队供给部。何连田觉得这话不中听，坚持说，我挑着，我舍不得交。

郑振中说，不交也得交，这是杨捷慧军阀作风的产物，一切缴获要归公，不能私藏财产。

何连田无奈，这才把内裤送到纵队供给部。可是心里更不痛快了。

出发前一天，晚上喝了稀饭，何连田去找杨捷慧，问杨队长有没有东西让他挑。杨队长这几天老咳嗽，他想帮她一把。到了杨捷慧的住处，王紫蓝说杨队长去散步了，何连田知道杨捷慧爱在河边散步，就找到河边，正好看到杨捷慧把一包东西往江里扔。等杨捷慧离开了，何连田就跳到江里，把那包东西捞了上来，打开一看，原来是茶具，里面有烧水的铜壶和茶盅。

部队向赣南机动的时候，何连田就把茶具藏在道具里，一直挑着走。这时候在编的两名公差也配齐了，都是刚刚扩红扩来的新兵，何连田成了勤务组的组长。郑振中对何连田说，你们这三副挑子，就是宣传队的家，公家的家当都在里面了。

何连田心里想，我的这副挑子，也是杨队长的家，杨队长值钱的家当也在这里了。这么一想，心里就有点热热的。

从富田到赣南，正好路过新惠境内，宣传队住在离新惠三十五公里的龙潭镇。端午节那天，纵队首长指示，让宣传队派人把一千块大洋送到县城去。

去年打新惠的时候，有不少群众不晓得红军是干什么的，以为又是过路的土匪杂牌军，跑了不少。红军在新惠休整，住在群众家里，吃了粮食，找不到人付款，就写欠条，统一交给杂货店方老板保管，说有朝一日红军回来，一定按条子付款。不到半年的时间，红军连续在闽西打了几场胜仗，缴获了不少战利品，所以快到新惠的时候，前委就来了指示，要兑现。

这个任务说大不大，说小不小，一千块大洋不是小数目，如果人不可靠，路上携款逃跑，不仅是经济损失，更是政治损失。何连田脚力好，路熟，是最合适的人选。问题是何连田是闽西人，老家离这不远，万一他挑着大洋跑了怎么办？

郑振中拿不定主意，就召开支部会研究，作出决定，派出一名干部监督。杨捷慧说，新惠县的书记邓子文是我同学，我去最合适，顺便了解一下地方政权的建设情况，收集一点儿素材。

郑振中连连摆手说，那不行，你一个女同志，万一他有歹心，你打不过他。

杨捷慧拍拍腰里的手枪说，你别忘了，我可是神枪手。

后来请示纵队，东方广主任也说不合适，但是东方主任又说了，杨捷慧同志到新惠有必要，光她一个人不行，我看可以再派一个。后来就决定，派马德和杨捷慧与何连田同行，吃过早饭就出发。

一千块大洋不到一百斤，何连田挑在肩上并不费劲，一边走还一边听杨捷慧和马德讲故事。这才知道杨捷慧在武汉读军校的时候，因为打教官差点儿被开除了。那个教官想占女学生的便宜，借故上队列课对女学生动手动脚，杨捷慧打抱不平，设了一个计，约教官半夜到学校外面的小树林幽会，又让几个男生半夜巡逻，假装抓奸细，趁黑把教官揍了一顿。教官吃了一个哑巴亏，暗地调查，知道是杨捷慧捣鬼，考试的时候硬是不让她及格，幸亏另一个教官主持公道，向训导处报告疑点，重新阅卷，她才顺利地毕业。

杨捷慧说，那时候幼稚得很，根本不知道什么叫共产主义，就因为那个混蛋教官是国民党党员，而另一个主持公道的教官是共产党党员，所以就选择了共产党。

马德问，那个主持公道的教官是谁？

杨捷慧说，就是纵队的东方广主任。

这一路上，何连田算是得了大便宜，听杨捷慧讲故事，比这几年学到的东西都多。 杨捷慧说，其实，真正了解革命，了解红军，还是在古田会议之后，那段时间你们看我经常一个人关在屋里，还担心我想不开自杀，我的命哪有那么不值钱啊，我的革命才刚刚开始呢。 我关在屋里干什么，我告诉你们，我在读古田会议决议，两万多字，我差不多都能背下来。 我一下子明白了，中国历史上那么多次农民起义，最后都失败了，为什么，因为目标不明确，打了胜仗就居功自傲，打了败仗就一盘散沙。 再说，就是胜利了，也是换汤不换药，又成了封建帝王。 可是红军就不一样了。 我研究古田会议的决议，知道了一条，红军是有信仰的，有信仰的军队是脑子指挥行动，而没有信仰的军队，是利益指挥行动，就像小何说的，有奶便是娘，转身就投降，人再多，枪再好也没有用。

何连田听得出神，忽然听见杨捷慧提到自己的名字，吃了一惊。 心想，小何说的，小何说过那样的话吗？ 再想想，确实是自己说的，只不过自己只说了个意思。 当初给五句腔署名的时候，杨捷慧坚决不署自己的名字，还提出要署何连田的名字。 最后郑振中拍板说，我看都不署名，宣传队集体创作最好。 杨捷慧表态，这样更好，天下为公。 那时候，何连田不晓得署名不署名是啥意思，但是他知道，杨队长把自己看得很重。

走在闽西的山路上，杨捷慧说，人是第一位的，思想是第一位的，信仰是第一位的。所以我坚信，我们的事业一定能够胜利，哪怕再经历一百次失败，一千次挫折，哪怕再等一万年，只要有信仰，就一定能成功。小何，你相信吗？

何连田一怔，闪闪扁担换个肩膀回答，我信，杨队长信的，我都信。

马德盯着何连田说，这个小何，挺会讲话啊。

何连田问，杨队长，你们老讲信仰，什么是信仰，是神仙吗？

杨捷慧扑哧一笑说，信仰不是神仙，但是信仰跟神仙又有点关系。信仰是远大的目标，是千秋万代的事情，心中有信仰，心中就有神，精神。懂了吗？

何连田连忙说，懂了，懂了，那敢情好。

其实是半懂不懂。

几个人说着话，不知不觉就走一大半了。马德说，前面得下山找个人家，买点饭吃。

杨捷慧从身后扯出挎包说，我带着干粮呢。

何连田放下担子，从里面搬出两个沉甸甸的麻袋，让杨捷慧和马德坐在上面，然后对杨捷慧说，杨队长你等会儿吃。

杨捷慧不知道何连田要干什么，不紧不慢地打开挎包，里面是几块玉米饼子，还有咸菜。马德说，红军为啥能打仗，红军白军不一样。红军官兵亲兄弟，白军有权就是王，敲诈又克饷。

杨捷慧说，这是真理。官兵一致，士气倍增。

说话间，何连田从挑子里取出一样东西，变戏法似的，把杨捷慧的眼睛都看直了，原来是被她扔到河里的茶具。铜炉子里面还有木炭，铜壶里面还有从富田带来的泉水。何连田把火打着，扑扑吹了几下，火苗乎乎蹿上来，不多一会儿水就滚了。

杨捷慧的眼窝湿润了，嘴里念念有词，我的天哪，这孩子，真是个有心人啊！

何连田说，杨队长，我知道你为啥老喝茶，治病。

杨捷慧说，啊，连这个你都知道？

何连田说，在富田，我问过纵队的傅大夫，他说高埔茶管咳嗽。自从你不喝茶了，你咳嗽就多了。

杨捷慧怔了怔，眼泪就在那一瞬间流了出来，摸摸何连田的后脑勺说，这个小何，这孩子……

茶倒出来之后，杨捷慧捏着茶盅，举到眼前细细地看，茶盅擦得明光锃亮。正要挨上嘴唇，马德突然喊了一声，等一下。

杨捷慧莫名其妙地看着马德，马德骨碌着眼珠子看着何连田说，小何，你先喝一口。

何连田傻傻地看着马德，不晓得发生了什么。

还是杨捷慧最先明白过来，沉下脸说，马德你要干什么，你担心这孩子下毒？ 你想到哪儿去了！

说完，举起茶盅，一饮而尽。

何连田还是傻傻地看着马德，再看看杨捷慧。

杨捷慧说，来，续上。

何连田又倒了一盅。

杨捷慧喝着茶，马德却紧张地看着杨捷慧。

何连田总算明白过来了，一言不发，放下铜壶，拿过玉米面饼子，使劲地啃了一口。

吃过干粮，再往前走，就不像上午那么轻快了。 何连田挑着担子埋头往前走，马德在后面给杨捷慧解释，我不是不放心，可是，这个任务重大，万一有个闪失，不好交代啊！

杨捷慧说，马德，他妈的，你知道世上什么最伤人吗，就是不信任。 小何这么老实的一个孩子，你怎么能怀疑他下毒？ 再说，就算他给我下了蒙汗药，还有你啊。

马德说，我也得喝水啊，万一，他算定了……当然，这是从最坏的方面想，害人之心不可有，防人之心不可无啊。

杨捷慧气喘吁吁地说，你是以小人之心度君子之腹啊，你过去是干什么的，特务吗？

马德说，我过去？ 嘿嘿，不瞒你说，我没有当过特务，但是，警惕性永远都不能没有。

马德说着，往前面张望，早已见不到何连田的影子了。马德突然又紧张起来了，对杨捷慧说，快，要追上他。

杨捷慧说，他一个半大的孩子，挑着那么重的担子，他能跑到哪里去？你这么疑神疑鬼的，真是不应该。

马德不管杨捷慧，迈开大步往上追，一直追到山头，也没有追上何连田。再往前，就是下山的路了。马德顿时惊出一身冷汗。放眼四望，闽西一带，峰峦叠翠，植被密布，一个人藏进去，就好比一根针落进了大海。小何是闽西人，山猴子，他左拐右拐要是拐到哪个旮旯里，想找到他，比登天还难。

马德越想越紧张，等杨捷慧上了山头，马德差不多快说不出话了，你看，怕有鬼偏偏鬼就来了，这小子还真的不见了。这漫山遍野的，他藏到哪里，就是老天爷也找不到他。

杨捷慧也觉得异常，站稳了，想了想，举起两只手围成喇叭样，放在嘴边喊了起来，小何，何连田，你在哪里——

山坳顿时一齐轰鸣，小何，何连田，你在哪里——

马德也扯起嗓子高喊，小何，何连田，你回来，天网恢恢，疏而不漏——

一阵回声由近至远，天网恢恢，天网恢恢，疏而不漏，疏而不漏——

五

往后的路就难走了，脚下的这座山叫什么名字，杨捷慧和马德都不知道，去年在闽西赣南游击的时候走过几次，可那时候是跟着大部队走，根本不用操心。就是今天，前半截有何连田引路，根本不是问题，现在，小何不见了踪影，他们连路都搞不清楚，天黑之前能不能赶到新惠县城，还是个问题。

最大的问题是，小何哪里去了？

马德越来越相信，小何是挑着大洋逃了，一千块大洋啊，跑到一个偏僻的地方，可以买二十亩地，当一个不大不小的地主。

杨捷慧被马德说得心慌意乱，还是硬着头皮说，小何绝不会逃，就算他起了歹心要钱，可是他也不能把我们放在这里不管啊！

马德说，杨捷慧你真是个大小姐，你在大城市长大，就算认识几个穷人，那也是工人阶级，工人阶级有集体观念。可小何他是个农民，农民见利忘义。

杨捷慧说，你这样讲是错误的，不符合古田会议精神，中国的产业工人历史并不长，工人也是从农民演变的，工人农民差不多，你不能看不起农民。

马德说，咱不说古田会议了，咱还是说小何吧，眼前就是一个典型的例子，我们相信了农民，把革命的重担放到一个农民的肩膀上，可是他挑着一千块大洋跑了，这就是现实。

杨捷慧虽然不相信何连田会逃跑，可是追了几公里路，还是不见何连田的影子，心里不觉也慌了，她也拿不准小何会不会真的逃跑。

杨捷慧说，你先不要下结论，也许是我们走错路了，没准他已经到新惠了。

马德痛心疾首地说，天真啊，幻想啊，你想想怎么可能?

杨捷慧说，当然有可能，你那么不相信人家，那孩子自尊心强，也许就是赌气，故意吓唬你。

马德说，谢天谢地，要是真的这样，我宁肯给他磕头。

杨捷慧说，那就等到新惠再说吧。

两个人心事重重，拖着麻包一样笨重的双腿，咬紧牙关赶路，再累也不能停下来，必须赶在天黑之前到达新惠，找到当地组织。

紧赶慢赶，总算到了马松村，这是临走时东方广交代的接应地点，老远就看见一群人在那里翘首眺望，走近了才知道是县委书记邓子文带人在这里接应。杨捷慧一见到老同学，顾不上寒暄，只说了一句，快，出事了。说完一阵眩晕，差点儿就倒下了。

邓子文一把挽住杨捷慧，问马德怎么回事，马德上气不接下气，把经过说了一遍。邓子文也觉得情况严重，当机立断，让身边的人火速赶回县城，派出赤卫队，封锁这一带的路口，并连夜搜山。考虑何连田老家是上杭的，特别派出二区的书记带上区大队，在新惠和上杭交界的几个路口，布下天罗地网。

返回新惠的路上，邓子文告诉马德和杨捷慧，县委对这次活动很重视，组织了妇女委员会和青年委员会，在谢家祠堂门前集会，借红军还款这件事情，宣传红军秋毫无犯的品德，以此发动群众，哪里会想到出这样的事情。

杨捷慧说，都怪我，警惕性不高，让这个落后分子钻了空子。

马德咬牙切齿地说，不是落后分子，这是反革命行为。请邓书记向纵队转达我们的意见，一旦抓到何连田，就地枪决。

杨捷慧说，我看暂时不要报告，也许，小何他并没有逃跑，或许他走错路了。

马德咬牙切齿地说，怎么可能，那个山猴子，路熟得很，去年部队在这一带游击了三个多月，恐怕山里的兔子他都认得。

邓子文说，话也不能说死，再等等看。只是，群众都集中在谢家祠堂，等着领大洋了，如果这一炮放空了，红军在新惠的威信就一落千丈了，我这个县委书记，恐怕也要卷铺盖了，怎么办呢？

杨捷慧说，实在不行，就把我交给群众，由我来跟他们解释，我再给大家写个欠条，我拿性命担保，红军绝不食言。

邓子文想了想说，是啊，只能这么办了，不过，不用把你交给群众，还是我来说，我相信新惠的群众是有觉悟的，不会认为红军是骗子。

这样一说，大家就统一了思想，这也是没有办法的办法，走一步看一步吧。

一行人快步疾走，很快就走进县城，谢家祠堂门前果然黑压压挤满了人，眼看邓子文等人走近圈子，人群让出一条道，议论纷纷，说红军说话算话，借东西要还，真是仁义之师，这样的军队，从古到今第一家。

杨捷慧跟在邓子文的身后，感觉脑子嗡嗡响，两个眼睛直冒金星。快走到场地中央，杨捷慧突然上前一步，拦住邓子文说，还是我来，我是纵队的人，必须由我来说清楚。

说完，不由分说站到场地中央，抻了抻衣襟，理了理短发，站稳了，目视群众，低沉地说，乡亲们，我是红四军的宣传员杨捷慧，奉命前来偿还半年前我军在新惠欠下的粮款，可是，由于我们警惕性不高，出了一点儿挫折，对不起大家……

杨捷慧说到这里，人群突然安静下来了，接着就是一阵骚动。有人说，出了一点儿挫折，这是什么意思？还有人说，对不起大家是什么意思，是不是我们的钱打水漂了？

杨捷慧举起两只手说，乡亲们请听我说完，纵队确实派我们来给大家还款，确实拨了一千块大洋，只是，确实出了一点儿意外……请乡亲们放心，红军是穷人的军队，绝不会出尔反尔，绝不会损害群众的利益，我杨捷慧拿我的性命担保，这个钱我们一定要还，今天不还，将来加倍偿还！

杨捷慧的话还没有说完，突然，一块石子飞过来，打在杨捷慧的下巴上，杨捷慧怔了怔，忍住疼痛，大声说，乡亲们，听我把话说完，红军刚刚开了古田会议，政治建军，我们……

人群中炸雷般地腾起一声怒吼，不听她的，红军是骗子，跟国民党没有两样！

接着，乱哄哄喊声四起，不听她的，我们要钱！

把那个娘儿们抓起来，不给钱就把她卖到窑子里！

呼啦一下，后面的人推前面的人，向杨捷慧冲了过去。

邓子文一看情形不对，赶紧组织人抢夺杨捷慧，一边大声喊，乡亲们不要乱，我是共产党新惠的县委书记，红军欠的钱我负责，希望大家冷静！

邓子文的声音很快被暴怒的喧嚣淹没了，事态愈演愈烈，杨捷慧已经被里三层外三层围起来了，情形非常危险。

就在此时，场地外围出现一个声音：大家伙让一让，红军的钱来了！

就像接到了上帝的旨意，谢家祠堂广场顿时安静下来了，只见杂货店的方老板率先，方家小姐方圆殿后，何连田挑着担子，像踩棉花一样，忽悠忽悠地走进人群，走到场地中央，扁担发出的滋溜滋溜的声音就像一首欢快的曲子，飘荡在人们的头顶。

人们瞪大眼睛看着几个人走向场地中央，走到杨捷慧的身边。

何连田放下担子，走到杨捷慧的面前，垂下脑袋说，对不起杨队长，我……我抄近道了，让你吃苦了。

杨捷慧泪流满面，突然握起拳头，一拳打在何连田的胸脯上，大叫，你这个鬼孩子，你可是把我们害苦了。

何连田说，对不起杨队长，我只是想快点走，没想到会这样。

杨捷慧一把搂住何连田，眼泪鼻涕弄了何连田一身。

马德在一边，狐疑地看着这一幕，问方老板，这到底是怎么回事？

方老板说，嗨，什么怎么回事，小何下半晌找到我家，说红军送钱来了，赶紧把账本带上。可是匆忙间账本找不到了，后来闺女回来了，才找到账本。

跟在方老板身后的女孩方圆说，这位同志还要用红纸封包，写上"红军还款"四个字，又耽搁了一会儿，差点儿误了大事。

马德还是将信将疑，盯着方老板和方圆问，你们确信，小何他，他没有……别的念头，也许……

方老板没有明白马德的意思，怔怔地张大嘴巴，喘着粗气。方圆机灵，眼珠子一转就明白了，不高兴地说，你这位同志，咋不相信自己的人呢，啥别的念头，这不大洋都送来了吗？

杨捷慧推推马德说，马德，你不要疑神疑鬼，赶紧给群众发钱吧。

方老板好像回过神来了，看着黑压压的人群，神气地往前一站说，大伙的欠条都在我这里，按红军留下的数目，五入四不舍，一律给整数。我喊一个来一个，张世友，六元——

方老板双手托出一个已经用红纸包裹的圆柱，上面写着张世友的名字。

人群中走出了一个汉子，东看西看，走到台前，接过大洋，突然转身，向杨捷慧鞠了一躬，多谢妹子，多谢红军，请红军原谅山民无知，今生今世，红军就是我张世友的亲人。

六

事后马德拐弯抹角一再盘问，何连田那天是不是故意把他们撇下，制造出这么一个事端，吓唬他们。何连田一口咬定，他只顾埋头走路，走到一个豁口，直接从树丛里插了下去，忘记身后羊肠小道上还有两名干部。他在山下等了好长时间，没见到他们，这才直奔新惠县城。

杨捷慧相信了何连田，马德却一直疑惑，他至少认为何连田为了报复他，故意甩下他们，他甚至还认为，何连田携款逃跑的嫌疑并没有完全排除，也许是他后来良心发现，也许他后来害怕了，也许是方老板父女劝阻了，他才改变的主意。总之，不能听信何连田的一面之词。

红军在新惠欠款还款，本来是一件顺理成章的事情，但是因为有了这个插曲，意义就不同寻常了。那天晚上，邓子文将计就计，就在谢家祠堂外面召开了扩红动员大会，中学老师和学生上台演节目，居然是红四军的五句腔《红军为啥能打仗》，这首歌新惠的老百姓以前听过，但是结合这天的事件，听起来就更是入心入肺，台上台下一起唱，唱得天上的星星都眨眼了。方老板带头，在谢家祠堂门外架起大锅，剁肉煮饭，还有几个年轻人抬来米酒，把扩红大会开得别开生面，当晚就有七十多人报名参加红军，一部分留在当地充实赤卫队，还有十几个，直接跟杨捷慧他们走了，上了主力部队，里面就有方老板的闺女方圆。

这个春天，红军在江西连续作战，冲破了国民党军的会剿，十万工农下吉安，又经历了水南之战，连续攻克南康、大庾、梅岭等地，打了很多胜仗。

主力部队一路打，宣传队一路作动员，部队打完仗了要休整，可是宣传队还得写战报、刷标语、演节目，忙得不亦乐乎。部队打仗越多，宣传队越忙。东方广主任有段时间就跟随宣传队行动，开玩笑说，我这支部队只有二十多个人，可是至少顶一个团。

何连田挑着担子，从闽西到赣南，中间还折回闽西两次，打打退退，都是为了诱敌深入。部队的战利品不少，但是何连田担子里的内容变化不大，还是宣传队的油印机、钢板、蜡纸和服装道具之类。

有时候在一个地方休整几天，杨捷慧刻钢板，就让何连田推油印滚子印刷战报。在大庾休整那几天，杨捷慧带着何连田刷标语，问何连田认不认得字，何连田没说话，拎起毛笔在墙上写了一行字：红军为啥能打仗，红军打仗有信仰。虽然写得歪歪扭扭，但是笔画不多不少，杨捷慧高兴地说，好，以后我教你写字，还教你写剧本。

何连田说，那敢情好。

这以后，杨捷慧就经常教何连田认字，首先就从五句腔开始，红军为啥打胜仗，红军白军不一样。杨捷慧发现，何连田的脑子非常灵光，悟性很高，不仅认字写字快，对字义和词义理解得也很透彻，而且融会贯通，举一反三。还有杨捷慧没有发现的事情，何连田自己动手做了一大一小两副快板，只要有闲空，就躲到林子里练。有一次正练着，被王振寰看见了，王振寰走过来，哈哈一笑说，啊，抢我的饭碗啊！

何连田面红耳赤地说，我琢磨，这玩意儿好学，学着玩。王振寰说，好学？快板也是艺术，不是那么好学的。想不想让我教你？何连田喜出望外，说，那敢情好，那敢情好，谢谢党代表！

王振寰接过何连田手里的快板，看了看，又试了试，意外地看着何连田说，手艺不错嘛。就凭这快板，我就可以收你为徒。

何连田说，那敢情好，早就想拜师，可是怕党代表……党代表，我给你磕个头吧。

说完就要跪下，王振寰一把拉住说，磕什么头啊，你给我敬礼就行了。

何连田便恭恭敬敬地敬了个军礼。

162

这以后，王振寰便成了何连田的师傅了，第一次上课，王振寰没有教他打快板，而是教他笑，王振寰说，小何我发现你不会笑，学艺先学笑，你笑给我看看。何连田龇牙咧嘴地笑了一下。

王振寰说，见过狗笑吗？

何连田挠挠头皮说，没有见过。

王振寰说，你这笑跟狗笑差不多。

何连田凄惶地看着王振寰，又使劲地笑了一下。

王振寰说，这叫皮笑肉不笑，你得学会从心里笑，笑得像弥勒佛，笑得像笑面虎，你得学会各种笑，傻笑，憨笑，冷笑，咧嘴大笑……记住了吗？

何连田说，记住了。

水南战斗，红四军和红六军配合，打的是国民党军唐云山的部队，一支队著名的英雄耿天阶率领一个营，把敌人从苍山引到施加庄，又从施加庄引到麻田，神出鬼没。战斗按预期完成，缴获了一千多支枪，俘虏一千六百人。这么大的胜利，当然是宣传队的好材料。郑振中拉开架势要写一个话剧《诱敌深入》。

郑振中现在是宣传队的队长，兼任夫子。夫子是当时的编制，正式的名称，就是读书人的意思。自从纵队有了宣传队，郑振中就从营里的书记员位置上调到宣传队当夫子，主要任务是写话剧，他的强项就是用三十六计当标题，很受纵队首长赏识。但是自从古田会议之后，他越来越觉得不对劲了，有点找不到感觉了。富田休整那次，虽然他提升为宣传队队长，可是无论如何也写不出一个反映古田会议的戏，倒是杨捷慧整理了一个五句腔《红军为啥能打仗》，唱遍了闽西赣南，让他自愧不如。郑振中决心抓住水南战斗写一个话剧《诱敌深入》，还是以耿天阶为主要原型，可是写到一半，写不下去了，因为这个戏和《里应外合》不一样，这个戏的亮点是正面战斗，不跟敌人打照面，外部矛盾冲突不起来。再说，诱敌深入是前委定下的方针，下面执行就行了，内部矛盾也冲突不起来。

戏写到一半就搁浅了，郑振中急得抓耳挠腮，召开诸葛亮会，大家一起商量。会议刚刚开到一半，党代表王振寰从纵队开会回来，带回一个消息，说耿天阶因为打骂士兵，受到了处理。大家一听，立马傻眼了，拿不准这个戏还写不写。

王振寰就给大家详细介绍耿天阶的情况。纵队传个笑话，说耿天阶有个口号，铁不打不成钉，兵不打不上进。在他手下当兵，动不动就挨打，两天不打兵他就手痒。私下里大家不喊他营长，喊他耿铁匠。水南战斗总攻发起之前，他把一个连长叫过来说，今晚就要总攻了，我总觉得哪里不舒服，你有什么办法？连长递了一根烟给他，他说，我不抽你的烟。连长说，那我让人找块腊肉给你下酒吧。他说，我也不吃你的腊肉。连长说，那我咋办呢？他说，你给我找两个兵来打打，我就舒服了。连长没办法，只好给他找了两个身强力壮的兵，连长跟士兵交代，一个说自己犯了错误，偷吃了连队的腊肉，一个说自己骂了排长，总之都有错，都该打。耿天阶高兴了，噼里啪啦把两个兵打了一顿，打得神清气爽，总攻的时候如狼似虎，挥舞大刀呼啦一下就上去了，所以水南战斗打得漂亮。

大家哄然大笑，这才明白，耿天阶这么大个英雄，为啥一直当营长，就是因为爱打兵。

王振寰讲故事的时候，郑振中埋头抽烟，脸色阴沉，等王振寰把故事讲完，郑振中突然跳了起来，就像《儒林外史》里面中举的范进，手舞足蹈，哈哈大笑说，有了，有了，这个戏有救了。

大家怔怔地看着郑振中，郑振中说，看看，矛盾有了，冲突也有了，戏剧转折也有了。

郑振中很快就把剧本初稿写好了，大致情节是，我军优秀指挥员耿天阶，爱兵如子，在水南战斗之前，为了引诱敌人，故意将一名连长打伤，连长假装怀恨在心，月黑风高之夜，偷偷跑到敌人阵营，密报红军即将夜袭敌营。敌人团长不信，这个连长掀开衣襟，遍体鳞伤，声泪俱下，敌人团长相信了这个连长，在红军偷袭的必经之路设下埋伏，没想到我军乘虚而入，一举拿下敌人团部……

再召开诸葛亮会讨论，何连田作为士兵委员会成员，也参加了。大家七嘴八舌，提出不少问题。杨捷慧认为，这样写有两个问题：一个是太像苦肉计，而不是诱敌深入；第二个是把敌人团长写得太愚蠢了，哪有那么简单啊。

郑振中说，像不像苦肉计并不重要，改个名字也行。至于说把敌人写得太愚蠢了，这不是问题，敌人有时候就是那么愚蠢，要不东方主任为啥说，白军蠢材一大帮呢？

杨捷慧说，何连田，你是士兵代表，你说说。

何连田说，我不同意这个戏，红军为啥能打仗，因为红军官兵亲如兄弟，要是军官打骂士兵，士兵就仇恨军官，不会好好打仗的。要写，就该写一个改造耿天阶的戏。

大家全愣住了。

杨捷慧突然把巴掌拍起来说，好，说得好，写一个由打兵到爱兵的戏。

七

何连田没想到，杨捷慧向支部建议，让他当夫子，不再当挑夫了。听到这个消息，何连田吓得话都说不利索了，说那敢情好，那敢情不好，我斗大的字认不得一箩筐，我怎么能当夫子啊，那要喝多少墨水啊！

杨捷慧说，不怕，有我。当了夫子，就不用挑东西了，跟我学习文化，以后要有大出息的。

何连田说，那敢情好，我跟你学文化可以，当夫子不行。

支部开会的时候，杨捷慧提议让何连田当夫子，大家都反对，郑振中悲愤地说，简直就是异想天开，我认为杨捷慧的建议是对夫子的贬低，什么人都能当夫子啊，我读过三年私塾，还读过四年学堂啊！

王振寰也说，何连田只读过半年私塾，认那几个字，早都忘光了，让他当夫子，差距太大。学打快板还差不多。

马德说，这小子，我一直怀疑他图谋不轨，上次去新惠送款，他有没有生歹意，还真不好说。

马德这么一说，杨捷慧不干了，站起来说，马德无德，你说这话讲良心吗？那次分明是你怀疑他在水里下毒，他受到了伤害，才赌气甩掉我们的。你不能污蔑阶级兄弟。

马德说，杨捷慧你怎么又骂人了？

杨捷慧说，我在说理，我怎么骂你了？

马德说，你骂我妈的。

杨捷慧说，我说你马德无德。马——德——无——德！

郑振中一看要吵起来，赶紧和稀泥说，马编导，你那个名字，一喊就是骂你，我劝你换个名字。

马德说，我换不换名字无所谓，我就是不同意何连田当夫子，他当夫子，我就到战斗连队去。

这件事情不了了之。

不久，红四军在信丰组织了教导队，学习贯彻古田会议精神，一个集中的课题就是官兵一致。前委特别指示，某某纵队的宣传队参加这次学习，成为旁听班。

开学典礼之前，传出一个说法，有个重要首长要来给大家上课，有人说可能是纵队司令员，也有人说是政委。政治部给宣传队五个名额，参加开学典礼。

自然又要研究。支部建在连上，凡事都是公开的，大家就按政治表现、战斗表现、工作表现来排名单，干部和主要骨干是没问题的。杨捷慧又提出来让何连田参加，开始是两个人同意，两个人反对，王振寰支持了杨捷慧。后来杨捷慧跟郑振中做工作，说何连田是士兵代表，而且脑子灵光，出了不少好主意，应该让他经世面长见识。郑振中起先有些动摇，后来还是同意了。这样一来，何连田就顺理成章地参加了开学典礼。据说，他是那次学习班里唯一的士兵代表。

没想到，给学习班讲第一课的是前委的大首长。何连田坐在草垫上，紧张得浑身冒汗。 杨捷慧手里拿着小本子，悄悄地说，不用紧张，用脑子记。

何连田说，那敢情好。

首长讲的反对单纯的军事观点，何连田不甚了了，但是讲到官兵一致，他就听明白了，首长说，婆婆折磨媳妇，媳妇不满意，媳妇当了婆婆，又去折磨媳妇，媳妇自然也不满意。 红军官兵都是革命同志，在政治上是平等的，对士兵要用说服教育的方法，不要打人骂人。 你们现在是教导队的学员，学成后要去当官长，如果现在官长打骂你们当兵的，你们不满意，可你们回去成了官长，又去打骂士兵，士兵也不会满意你们，怎么还能团结一致闹革命呢？ 古田会议讲要废止肉刑和枪毙逃兵，要认真贯彻执行……

何连田平时不怎么笑，可是这次不一样了，杨捷慧忙里偷闲看看何连田，咧着大嘴正笑呢。

开学典礼结束后，就是讨论。

杨捷慧在这期间又创作了一个活报剧《为谁扛枪》，写一个营长打兵，引起公愤。 后来战斗失利，营长重伤，那名被打的士兵在枪林弹雨中救出了营长，营长问为啥救他，士兵唱道，红军官兵亲兄弟，为了革命才扛枪。 救出营长为革命，希望营长细思量。 那个营长深受感动，唱道，营长无知当铁匠，欺负兄弟不应当，如若不是革命情，营长早已见阎王。从今洗心又革面，兄弟同心上战场。

写好之后，东方广主任又亲自修改，先在教导队演了一场，又到各个支队演出，在一支队演出的时候，出了点意外。这出戏的高潮是最后，负伤的营长正准备开枪自杀，被身后的伤兵一把抱住，伤兵一边抵抗敌人，一边背着营长撤退。营长说，我过去打过你，你把我扔了吧。伤兵说，你打我是犯错误，可我要是把你扔了，我就是犯罪。二人精疲力竭地来到河边，伤兵艰难地从河里捧出一捧清水，喂到营长的嘴边……

戏刚刚演到这里，台下传来一声号啕，兄弟，我对不起你，我不该当铁匠啊！

原来，发出这声号啕的，正是剧中的原型耿天阶，他现在已经被降职为连长了。剧情表现的一幕，是真实发生了的事情。声称偷吃腊肉的战士名字叫郑达，水南战斗之前，挨了耿天阶一顿打，胳膊都被打脱臼了，在水南战役中没有发挥太大的作用，后来又被耿天阶打了一顿，说他战斗表现不好。恰好此后又发生了梅岭反伏击战，耿天阶负伤了，掉进一个土坑，部队撤退的时候他被落下了，已经脱离危险的郑达听到营长的呼喊，回到阵地将耿天阶背起来，一口气跑了几公里路。杨捷慧正是在信丰学习班期间采访到了这个素材，才在剧本中充实了这个情节。

耿天阶说，我混蛋，我痛改前非，今后如果再出现打兵的事情，请组织上枪毙我。

后来的事实果然证明，耿天阶改正得很彻底，爱兵如子，他的部队精诚团结，战斗力十分旺盛，连续打了很多胜仗。部队离开信丰之前，已经恢复了营长职务，到了瑞金，屡战屡胜的耿天阶升任团长，此时郑达也成为一名骁勇的连长。

八

在瑞金那段日子，上面提出来的口号是"扩大十万红军"，红军啥时候能扩大到十万，何连田不清楚，他只知道，这段时间宣传队很忙，在根据地到处演出。

何连田刚到宣传队的时候还感到冤枉，老是寻思回到战斗连队去，可是经过这半年之后，他发现自己越来越喜欢宣传队了，觉得宣传队很神奇，到新区演了几场，就带回来一群红军新战士，到火线演出几场，就成班成排地拉过来一群国民党兵。

杨捷慧的茶具也被何连田挑到了瑞金，只要有工夫，何连田就给杨捷慧煮茶，郑振中起先拿眼瞪何连田，后来也就睁一只眼闭一只眼了。

宣传队里，顶不喜欢何连田的就是马德，有一次在郑振中面前嘀咕何连田是天生的奴才，他这样娇惯杨捷慧，还不是助长杨捷慧的剥削阶级思想？

郑振中说，杨捷慧有病，喝茶是为了治病，咱们就不要吹毛求疵了。

马德说，什么病，老毛病，资产阶级小姐的臭毛病，摆谱，她自己不能煮茶啊？

郑振中东张西望，不接茬。

马德又说，自从杨捷慧写了《为谁扛枪》，受到东方主任的表扬，她就翘尾巴了，军阀苗头又出来了。

郑振中说，再怎么说，她确实有功，一个有钱人家的千金小姐，能够参加革命，吃这么大的苦不容易。

马德说，老郑我看你是和稀泥，典型的调和主义。

郑振中说，你这个人岂有此理，我这个当队长的，不调和我还能助长你跟杨捷慧打架？ 要团结，不团结怎么完成任务啊！

马德说，老郑，别忘了，你这个队长是怎么当上的。

郑振中火了，我这个队长是怎么当上的，是我斗争得来的，不是你做的人情。 什么叫革命？ 革命不是搞小动作，不是使绊子。 老马你要注意了，再也不要在同志之间煽风点火了。

马德傻眼了，他没想到郑振中会给他来这一手。

马德心里很不是滋味，他既不敢对郑振中怎么样，也不敢对杨捷慧怎么样，但是对何连田越看越不顺眼。 只是，何连田没啥大毛病，又有杨捷慧护着，再加上郑振中现在这个立场，马德也不好轻易拿他怎么样。

机会很快就来了。 这年秋天，打退了国民党军第三次"围剿"，红军庆祝胜利的同时，在内部搞思想整肃运动，要求排以上干部向组织汇报思想，主要是汇报革命动机。

马德又找郑振中谈话，这次不讲斗争了，只讲郑振中的家庭情况。 当年郑振中离家出走，是因为家里跟街坊打官司，送钱贿赂衙门，逼死了一条人命，而那个人家，才是真正的赤贫。 这些情况马德是怎么知道的，郑振中不晓得，他只晓得，那场官司他们家赢得并不光彩，就是因为负疚，他才离家出走参加红军的。如今旧话重提，他真的觉得有一个阴影跟在他的身后。

马德见郑振中神情恍惚，继续侃侃而谈，讲革命的残酷性，讲革命的无情，讲苏俄肃反的情景。 讲到苏俄清洗反革命分子的时候，马德还把手放在脖子上比画了一个砍头的动作。 七讲八讲，就把郑振中讲了一头汗。

这次运动来得突然，一个基本的要求就是对党忠诚，大家都不敢讲假话。 杨捷慧实话实说，说她参加革命的时候，并不知道革命的意义，她是因为她的恩师参加了革命，参加革命之后她才明白，革命就是要让全体人民得到幸福，她对于这样的革命由衷地拥护，因为在她看来，一个人的幸福不是真正的幸福。

开会的时候，马德就坐在杨捷慧的对面，他很想问她一句，你是不是因为爱上了你的恩师，或者你的恩师影响了你，才来参加革命的？但是他没敢唐突，他知道杨捷慧的恩师是东方广。马德说，我参加革命的动机非常明确，为了信仰，为了实现共产主义的远大理想。马德甚至背诵了一段《共产党宣言》——共产党人不屑于隐瞒自己的观点和意图。他们公开宣布：他们的目的只有用暴力推翻全部现存的社会制度才能达到。让统治阶级在无产主义革命面前发抖吧！无产者在这个革命中失去的只是枷锁，他们获得的将是整个世界！全世界的无产者，联合起来！

马德是北京人，大学生，据说曾经做过工人运动，号称纯粹的布尔什维克。红四军刚刚成立的时候，他是一个支队的党代表，因为一次战斗同支队长发生激烈冲突，差点动枪，而事实证明，那位支队长是正确的，所以战后他被调到宣传队当编导。用马德自己的话说，那不是降职，是他自愿到宣传队的，他要做改变人的精神的工作，他有一句口头禅，"而能够改变精神的，首推文艺"。这句话其实是鲁迅说的。

马德的理论水平让宣传队的同志自惭形秽，况且马德还有磁性很强的男中音，加上激情充沛的朗诵，连杨捷慧都很受感染。

临到郑振中发言了，郑振中察言观色地说，我参加革命，是因为……因为我的剥削阶级家庭同另一个剥削阶级家庭打官司，两败俱伤，我想通过革命，夺回我的家产。可是，可是……

郑振中的话还没有说完，马德就把桌子拍了起来，吼道，你说实话了吗？

郑振中可怜巴巴地看着马德说，我讲了实话了。

马德冷笑一声，典型的利用革命。革命就是帮你夺回自己的家产吗，那我们的革命岂不成了打家劫舍？

郑振中唯唯诺诺地说，可是，经过战争，我渐渐认识到自己的错误，我要向马德同志学习，当一个纯粹的革命者。

郑振中说完，已是满头大汗。

马德话里有话，觉悟了就好，不要对组织隐瞒什么哦，老郑你要清楚，组织的眼睛是雪亮的，你的一切行为，都瞒不过组织。

郑振中说，是的，我明白，我不会向组织隐瞒任何事情。

马德向郑振中投去一个意味深长的冷笑，转脸一指何连田，你说说。

何连田吓了一跳，稀里糊涂地问：我说么事？

马德说，听了半天你还不明白啊，参加革命的动机。

何连田愣住了，动机，啥冻鸡，我是南方人，南方不吃冻鸡。

马德一拍桌子说，动机，就是你……你为啥要参加革命。

何连田本来是没有资格参加这个会议的，但是因为宣传队人少，他又是士兵委员会的委员，之前马德说过，宣传队是"改变精神"的重要阵地，绝不允许任何污泥浊水混进来，所有人必须向组织坦陈自己的革命动机，一个人都不能落下。马德当初提出这个规则的时候，没有人反对，这样，何连田也就稀里糊涂地被叫到会场，心惊肉跳地坐在门后的旮旯里。

何连田结结巴巴地说，家里又添了一个妹妹，人多吃不上饭，红军给分了田，又补贴了三块大洋。阿爹说，当兵吃粮，我就来了。

何连田好不容易把"动机"说完，马德怔怔地看着他，突然哈哈大笑说，看看，组织多么英明，思想整肃多么重要，我们的革命队伍，原来有这么多投机分子，指望这些人，革命能够成功吗？

大家一时不知道该说什么好。杨捷慧沉默了一阵说，马德同志你这样说不合适，没有天生的革命者，如果红军队伍里，都是你这样自觉的革命者，那革命早就成功了，不用战斗了。

杨捷慧这样一说，郑振中才接着说，是啊，都是穷苦人，十几岁的伢子，懂得多少道理啊。首长都说，要在战斗中成长嘛。

马德说，参加革命动机不纯，就是投机革命，这样的人，不可能成为真正的革命者。

杨捷慧火了，瞪着马德说，马德同志，我们有什么理由相信你就是真正的革命者，你真枪实弹地打过仗吗？

马德没有想到杨捷慧这么问他，凸起眼珠子问杨捷慧，怎么，你怀疑我……你怀疑我的革命坚定性？

杨捷慧说，只要你没有拿出实际行动，我就不能肯定你的革命坚定性。没有实际的革命行动，我谁也不相信，包括你，包括老郑老王，也包括我和小何。

马德的眼珠子凸得更大了，腮帮子一阵哆嗦，怔怔地看着杨捷慧说，你是不是认为我贪生怕死？

杨捷慧说，我怎么知道你就不是贪生怕死？

马德不说话了，也不看任何人，闭上眼睛，好一阵才突然睁开，悲愤地嚷嚷，天啦，你杨捷慧是什么心胸，就因为新惠整顿的时候，你被降了职，你就耿耿于怀，你就打击报复！

杨捷慧说，我只是说，我们到底谁是真正的布尔什维克，还需要战斗检验。

马德不理杨捷慧，自顾自地说，你居然把我和小何放在一起比较，一个经过正规革命理论熏陶的布尔什维克，一个纯粹的无产阶级革命战士，居然同一个挑夫相提并论……

马德好像喝醉似的，摇摇晃晃，语无伦次，正说着，突然传来一声枪响，马德睁开眼睛，看着杨捷慧和她手里还在冒烟的枪口。

杨捷慧把枪放回腰里的枪套，咬牙切齿地说，你他妈的马德，为什么你就不能同一个挑夫相提并论？ 什么是革命？ 你给我听好了，革命就是消灭一切差别，就是天下为公！

马德怔住了，怔了一会儿突然哈哈大笑，说得好，杨捷慧，你抓住了我的把柄。 好，你们看不起我，我滚蛋，我要到战斗部队去，我到枪林弹雨里去，我要让你、让你们看看，我马德到底是一个什么样的革命者。

郑振中这才回过神来，赶紧站起来拦住马德的去路，马德同志，这不是争论吗，党内是容许争论的，你犯不着赌气啊，大家有话好商量，啊，有话好商量……

马德一把推开郑振中，你这个墙头草，你给我走开！ 我马德，绝不会让你们看笑话，我走，我到战斗部队去，我走了！

九

马德真的要走了，上午开的会，连中午饭也没有吃，郑振中让伙夫给他送了一碗小米稀饭，两块咸菜，还有半块苞米饼子。看看一个时辰过去了，郑振中又叫上王振寰，亲自赶到马德的住处，看个究竟。 走到门口，就听里面传来嘤嘤的哭声。 王振寰止住步子，招呼郑振中说，咦，有情况？

郑振中侧耳细听，说，是王紫蓝。

王振寰哦了一声，哦，是马指导的得意门生。

二人对视一眼，不知道该不该往里面进，就在门外站住了。

宣传队里，就三个女性，除了杨捷慧，就是王紫蓝和秦文，这两个人，一个是孤儿，自小就被戏班子收养，一个是因为家里穷，被卖到戏班子。 红军攻打长汀的时候，戏班子刚刚在当地团总王世茂的家里化好装，准备唱大戏为王世茂的老太爷祝寿，一阵枪声响起，祝寿的人作鸟兽散，宴席的菜还没有上齐。 当时的支队党代表东方广把戏班子集合起来说，愿意参加红军的，坐到左边的桌子上吃饭；不愿意当红军的，发给两块大洋，各回各家。 王紫蓝和秦文递了一个眼色，两个人不声不响地坐到左边的桌子上，于是就成了红军战士。 再后来，马德来到宣传队，几个戏排下来，就把王紫蓝作为重点培养对象。 王紫蓝虽然人长得有点圆乎，但是脑瓜子管用，马德教她演话剧，并且给她看上海滩的摩登女星照片，看得她两眼放光，一心一意跟着马德学戏，当初在《里应外合》里演国民党团长的姨太太，有模有样，让人怀疑她真的当过姨太太。

郑振中和王振寰在门口站了一会儿，王振寰忍不住往里面看了几眼，对郑振中说，我看王紫蓝这眼神不对啊，你看她，一声不吭，可是眼泪哗哗地流，这不是一般的眼泪啊，莫非王紫蓝和马指导已经那个……已经那个暗度陈仓了……

暗度陈仓？ 郑振中琢磨一下，撇撇嘴说，戏子嘛，假戏真做……

停了停又说，哎，别说，看这样子，也可能真戏真做。 谁知道呢。 暗度陈仓，这个说法妙哉！

王振寰说，哦，这样说，那老马还真的得离开，他那个资历级别，还不够娶老婆的，别搞出什么事情来。

郑振中说，我就知道，你挽留是假的。 老马这个人，嘴上没有把门的，不讨人喜欢。

王振寰说，我是党代表，我首先考虑的是组织纪律，不是个人成见。

郑振中看了王振寰一眼说，好，我知道，我跟你想法一样，道不同不相与谋。

二人说着话，隔着门看王紫蓝在屋里给马德收拾东西，其实没啥东西，也就是几本书，还有一个手风琴。 可是二人神情不太对头，王紫蓝把一个小包袱系好了，又解开，马德则坐在板凳上发呆。

郑振中说，去看看，真的走了，送个行。 这个人啊，太自以为是了。

王振寰说，在他眼里，我们每个人参加革命都有投机的成分，就只有他是正宗的布尔什维克。

郑振中说，他以为他是谁？

王振寰又向里面看了一眼，咦，老马手里拿的是什么？

郑振中伸头扫了一眼说，手风琴，宣传队里就这一架手风琴，他拿走了怎么办？

王振寰说，可是，手风琴是他个人从家里带到红军队伍的，不是公家的东西。

二人正说着话，忽然听见屋内声音大了起来。马德在里面说，王紫蓝，你不要劝我，在哪里都是革命，一样的。我离开宣传队之后，你要继续学习，不仅要会演戏，还要会写戏。这架手风琴你留着，下次见面，也许就是战场上了。

里面一阵沉默，突然传来一声号啕，马指导，这是为什么啊，你为什么要离开啊？

马德说，我这是一种特殊的斗争方式，我要以实际行动抗争，革命的事情你不懂，以后你就知道了。好了，我走了！

门外，郑振中和王振寰正在琢磨进退，马德扛着包袱，一脚门外一脚门里。看见二人，颇为意外，你们？

郑振中忙说，老马，马指导，你冷静一点儿，区区小事，何必当真?

王振寰也说,你何必跟一个女同志一般见识?

马德哼了一声,区区小事? 杨捷慧贬低我的革命品质,你们也看笑话,我一个堂堂的革命者,我为什么要在这里看你们的眼色? 走了,后会有期。

说完,一抖肩上的包袱,挺挺腰杆,甩下郑振中和王振寰,扬长而去。

王振寰跟在后面喊,老马,你要走,咱们不强留,可是你如果反悔,再回来啊!

郑振中扯扯王振寰的袖子说,开弓没有回头箭,老马这一去,他不会轻易回来的,让他走吧,这个人志向高远,宣传队留不住他。

马德真的走了,头也不回。

宣传队驻地到纵队部,也就五六里路,不一会工夫就到了。马德见到东方广的第一句话就是,让我到战斗部队去吧,我马德宁肯死在敌人的炮火下,也不想被杨捷慧这个母夜叉欺负了。

东方广问明情况,把马德狠狠地批评了一顿,什么革命者不能意气用事啦,什么同志之间要团结啦,什么顾全大局啦,讲了一堆。

马德说,我知道我的性格有问题,可是我一时半会改不了。

首长就让我到战斗部队吧，当个排长也行，不，当个士兵也行。

东方广笑笑说，当个士兵？ 你会干什么？

马德差点儿跳起来了，嚷嚷道，东方同志，你也这么看我，我马德难道一无是处？ 我好歹也是个大学生啊。 你们红军里，有几个大学生？

马德说完，突然觉得不对，他发现东方广正用一种奇怪的眼光看着他。 东方广说，你说什么？

马德心虚地说，我说……我好歹也是个大学生……

东方广板起脸说，我问的是下一句。

马德惶惑地说，下一句？ 下一句我什么也没有说啊。

东方广冷笑一声，马德，难怪你搞不好团结，在支队同支队长吵，在宣传队同杨捷慧吵，原来你一直跟我们红军离心离德啊！

马德像是屁股上突然挨了一脚，嗷地叫了一声，跳起来又弯下腰，怔怔地看着东方广，东方同志，东方主任，你怎么这么说啊？ 我马德投身革命，马革裹尸在所不辞，我怎么和红军离心离德了？

东方广嘿嘿一笑，你说，你们红军里有几个大学生？

马德脖子一梗，这话有错吗？

东方广说，你说呢，什么你们我们的，红军是我们的，就不

183

是你们的吗？

马德傻眼了，愣了半晌才说，东方主任，你这不是抠字眼吗，我就这么说了一句，我就跟红军离心离德了吗，你这么上纲上线，那是把我往反革命的道路上逼啊！

东方广一拍桌子，错上加错。我让你去当反革命了吗？

马德说，我就是说了一句"你们"……

东方广说，你是大学生，还是学文科的，你不知道语言文字是表达思想情感的吗？你们？在你的世界观里，你压根儿就没有把自己融入红军队伍里，你说是不是啊？

马德这下彻底蒙了，表情僵硬地看着东方广，喃喃地说，思想情感，世界观，融入，压根儿……

就在这时候，门外传来一声清脆的报告，随即一个身穿军装的姑娘走了进来，把一份电报送到东方广的手上，顺便瞥了马德一眼。

马德一个激灵，竭力把塌下的腰杆站直了。他发现这个女兵有点面熟，可是一时半会又想不起来在哪里见过。

东方广接过电报，匆匆浏览，从上衣兜里抽出自来水笔，在电报纸下方唰唰签上名字，抬起头来，见马德还像木桩一眼杵在那里，转脸对那女兵说，我知道了，让刘科长到我这里来一趟。

直到女兵向东方广敬礼，然后像一阵轻风一样出门，马德还是没有想起来他在哪里见过这个女兵，这一天，他的脑子昏沉沉的。

不多一会儿，来了一个红军干部，东方广向马德介绍说，这是刚刚从地方调来的刘国盛同志，现在是纵队的宣传科长。刘国盛说，哎呀，你就是马指导马德同志啊，久闻大名，你们宣传队演的戏，从闽西到赣南，家喻户晓啊，扩红你们可是立了大功。

马德有点受宠若惊，局促地说，那都是大家的功劳，我不能贪天之功为己有，我个人做得很少。

东方广哈哈大笑说，看看，马德同志虚怀若谷吧，马德同志就是这样，真正的革命者的胸襟。

马德有点诧异地看着东方广，觉得东方广的话有点奇怪，同刚才判若两人。马德的嘴巴张了张，讷讷地说，东方主任过奖，我还需要修炼。我性格急躁。

东方广摆摆手说，不说了，你既然离开宣传队，我看这样，纵队办了一个《红霞报》，你来当主编吧。

马德一愣，冲口而出，东方主任，我离开宣传队，可不是为了当官的，我要求到战斗部队去啊，我要冲锋陷阵。

东方广脸一沉，你到战斗部队干什么，拖后腿啊！

马德差点儿就急了，想说，我怎么就拖后腿了，可是，话到嘴边又忍住了。马德说，我，我也受过军事训练，打枪还是会的。

东方广说，光会打枪就能打仗了？我们红军里，像你这样的大学生有几个？凤毛麟角啊，宝贝疙瘩啊，我们怎么能让你这么个宝贝疙瘩去送死呢，那是对革命的犯罪，你说是不是啊我的同志哥。

东方广这么一说，马德就无话可说了，只是拿眼看刘科长。

东方广说，那就这样吧。再说，你那个主编，也不是什么官儿，除了你自己，就是刚才你见到的，方圆，你们宣传队在新惠扩红参加革命的同志，龙岩农商专科学校的毕业生。

马德这才想起来，原来是新惠方老板的闺女，当初在谢家祠堂第一眼见到这个姑娘，他是很在意的。

十

古田会议决议中，关于宣传队的编制，有明确的规定，"军及纵队直属队均各成一单位，每单位组织一个中队，队长队副各一人，宣传员十六人，挑夫一人，公差二人。"在闽西境内，宣传队是严格按照编制规定的，总共二十一人，连党代表都取消了，后来到了瑞金，因为宣传队功劳大，纵队特批恢复一名党代表。

186

马德走了之后，缺了一个艺术指导，杨捷慧兼着。

马德走了，别人都没有特别在意，何连田却放在心上了，他总觉得这件事情跟他有关，他觉得特别对不起杨捷慧，甚至，多少还有点对不起马指导。他总想找个机会跟杨捷慧说说心里话，最好能报答一下。

机会终于来了。部队休整期间，有个老乡来找何连田替他写信，在那个老乡的心目中，何连田已经算文化人了。何连田搜肠刮肚，替他写了一封错别字连天的家信，也就把那个老乡的家事搞清楚了，他原来是一个木匠，到邻村干活时，被国民党军拉去当了壮丁，开到江西"剿匪"，被红军俘虏了，当了红军战士。他的妻子却早已流落街头，卖唱为生，至今没有消息……他请何连田替他写信，就是问家里，他的妻子回家没有。那一天夜里，何连田没有睡好觉，脑子里一直琢磨，那个老乡的妻子到底会在哪里呢，卖唱为生，会不会也被红军收留，没准可以当一个宣传队员呢……想到这里，何连田激动得浑身发抖，他差点儿就跳下床去找杨捷慧，虽然他还不懂剧本怎么写，但是他感觉这个故事一定可以写成好剧本。

第二天一大早，出操之后何连田跟在杨捷慧后面，找个机会把这个故事讲了。果然，杨捷慧非常高兴，说这是个好素材，小何你能发现好素材，说明你有创作天赋。这个剧本，还是咱俩合作。

何连田说，那敢情好。

只是，还没有等剧本写好，第三次反"围剿"就开始了。国民党军从三个方向向根据地发起进攻，铁壁合围，战斗异常惨烈。战斗进行到第二阶段，宣传队接到任务，到瑞金清河铺帮助抢救伤员。

清河铺离二道防线不到五里路，枪炮声和喊杀声听得清清楚楚。宣传队赶到的时候，已经抬下来二百多号伤员，因为缺医少药，伤员不断死去。杨捷慧在武汉军校时，学过一点儿护理技术，指挥何连田把挑来的盐用清水溶化，给伤员洗伤口。

这一仗，从拂晓打到后响，红军二道防线上只有一个支队另两个连的兵力，抵御国民党军的三个团，反复争夺，阵地几度易手。下午一点多钟，纵队首长指挥耿天阶率领七十人的敢死队，穿插到敌人指挥所后方，发起突袭，导致敌指挥机关大乱。进攻之敌回援旅部，又遭耿天阶杀了一个回马枪。敌人收拾队形，稳住阵脚，组织六个连七百多兵力对耿天阶进行合围，包围圈越来越小，十几门小炮对耿天阶等人占据的松毛岭高地进行集火射击。从救护所都能看到，松毛岭上飞沙走石，火光冲天。好在山坡植被丰富，有很多射击死角，加之敢死队战术灵活，敌人轮番攻击两个多小时，松毛岭还击的枪声仍然响亮。

何连田问刚刚抬下来的一个伤员，打了这么长的时间，子弹打光了怎么办？

伤员笑笑说，子弹打光了？红军的子弹永远都打不光，因为我们的子弹都是从敌人手里夺来的，敌人有多少子弹，我们就有多少子弹。

这个伤员的伤势有点奇怪，腹部中弹，子弹左边进右边出，术后交给宣传队护理，一碗小米稀饭喝下去，居然还能说话，中气还很足。

何连田和伤员聊天的时候，杨捷慧就在一旁给另一个伤员清洗伤口。杨捷慧回头问这个伤员，你是哪个部队的？

伤员回答说，二支队一营一连连长邹成卓。

杨捷慧说，我想起来了，当初就是你写血书说，耿天阶的里应外合不算什么，看来你是不服耿天阶了。

邹成卓不好意思地说，嘿嘿，那是，打仗嘛，也讲运气。不过这回，我服了，一支队厉害，耿天阶更厉害。上午那个穿插突袭，打得确实漂亮。

杨捷慧说，那是啊，那是纵队的拳头部队嘛。咦，你们二支队怎么也到清河铺来了。

邹成卓说，整个二道防线的战斗全部结束了，就剩下松毛岭这一块了，国民党一个旅的主力都机动过来了，咱们纵队的主力也集中过来了。 这个松毛岭啊，没准会成为第二个加诺顿。

杨捷慧吃了一惊，冲口而出地问，你也知道加诺顿？

邹成卓奇怪地反问，我为什么不知道加诺顿，我在黄埔军校上学的时候，特别关注加诺顿战例，那是俄德战争中的一个经典战例，一场规模不大的战斗，引起了双方几个师的角逐，成为一场声势浩大的战役，从而改变了战局。

杨捷慧哦了一声，这才知道眼前这个其貌不扬的连长是喝过洋墨水的，可见红军的队伍里，藏龙卧虎。 难怪他不服耿天阶呢，耿天阶是从旧军队里过来的老兵油子，虽然能征善战，却没有文化。

杨捷慧问，那你说说，这次松毛岭战斗，会不会成为加诺顿？

邹成卓沉思片刻说，这个不好说，就要看双方指挥员的决心了。 从敌人的一方看，他兵强马壮，"围剿"我根据地志在必得。 但是我方兵力有限，而且防御正面大，要是我来指挥，我不会把兵力集中在这个地方同敌人死缠烂打。 我们的优势还是运动战和游击战。 只是……

杨捷慧问，只是什么？

邹成卓看着远处渐渐暗下来的天穹，还有松毛岭方向时隐时现的枪炮声，黯然说，只是，老耿他们的压力更大了。 如果纵队首长想钳制敌人，可以在松毛岭方向制造死守的假象，而连夜将主力撤出阵地，构筑第三道防线。这样做的好处是，我军可以得以喘息，以逸待劳。但是这样做，就会牺牲掉老耿他们，可能全军覆灭。

杨捷慧也不说话了，眺望西边松毛岭方向，不知道耿天阶他们是死是活。

后来发生的事情，果然证明了邹成卓的先见之明。当夜幕完全降临之后，纵队首长果然下了一道命令，前来松毛岭战场增援的红军主力部队，在敌人的包围圈后侧虚晃一枪，神不知鬼不觉地撤离了战场。但是有一点邹成卓没有想到，纵队并没有丢下耿天阶的敢死队，而是在虚晃一枪的同时，派出一个营的精锐兵力，从松毛岭南侧杀开一条血路，将耿天阶敢死队最后的二十名战士接应出来，通过事先开辟的峡谷小道，回到后方阵地。

只是，耿天阶和三名战士下落不明。

耿天阶手下的连长郑达和七名重伤员在黎明前被送到后方医院。郑达全身九处负伤，一直处在生命垂危状态，由红军医院院长傅雨城亲自做手术，一直做到艳阳高照。傅雨城从手术台下来，眼前一黑，倒在地上，这一夜，他救活了多少伤员，谁也说不清楚。

参加护理的宣传队员，两夜没睡，算起来，将近七十个小时没有吃东西了。 何连田惦记杨捷慧身体虚弱，想给她找点吃的东西，左看右看，看到西边的小树林里，摆放十几具在抢救过程中断气的战士遗体，灵机一动，趁没有人注意，悄悄地闪进林子，假装死人一样躺在烈士的身边，翻检他们的衣兜和干粮袋。但是他很快就失望了，这些烈士的衣兜和干粮袋里都是空空如也。 何连田不甘心，继续翻检，突然，他的眼睛瞪圆了，他看见一个伤员迸裂的伤口，似乎血液还没有凝固，胳膊上外翻的肌肉泛着猩红的光芒。 这一瞬间，何连田眼前直冒金星，他恍惚看见小时候赶集看到的肉铺子，看到过年时挂在门外的腊肉，他差点儿就动手了，就在这个时候，腹腔一阵烫热，还没有等他明白发生了什么事，一股辛酸的液体从他喉咙下面夺路而出，喷洒在身边的草丛里。

　　何连田一屁股坐在草丛里，直到很久没能站起来，心慌，两腿软得像面条，闭上眼睛，大喘粗气。 不知道过了多久，他才被一阵响动掰开眼睛，定睛一看，他的心剧烈跳动起来，他看见了一张熟悉的面孔，那是他小时候经常捕获的猎物，油獾，黑黝黝的油獾，笨得像熊一样的油獾，比兔子还大的油獾，正在一个遗体的伤口处踌躇，抽动鼻子嗅来嗅去，大概是它也把那伤口当成美食了。 何连田竭力让心跳平静下来，偷偷地打量四周，从一个遗体上抽出一把小刀，屏住呼吸，瞄准后，突然抛了出去。 那油獾似乎吃了一惊，转身就跑，跑了几步，倒下了。

何连田没有被这突如其来的收获冲昏头脑，他知道这畜生的习性，有一个，必有两个，而且这畜生鼻子灵敏眼睛却是迷糊的。他爬起来，爬到倒地油獾的旁边，掐住它的脖子，直到油獾咽气。果然，几分钟后，又一只油獾出现了……

半个小时后，何连田拎着三只黑色的油獾回到救护所，杨捷慧吃惊地看着他脸上和双手的鲜血，瞪着眼睛问，小何，你到哪里去了，这是怎么回事？

何连田没有回答，只是把三只油獾扔在地上。一旁的王振寰高兴地大叫，哈哈，小何给我们搞吃的去了，王紫蓝、秦文，赶快，找一只锅来。

王紫蓝和秦文就在不远处，跑过来又跑走了，直犯傻。她们从来没有见过这种动物，倒是郑振中，过来一看，嘿嘿一笑，二话不说，拎起油獾就挂在树上，拿过一把步枪刺刀，剥皮，开膛破肚。

那边，王振寰已经把水烧上了。

那个晌午，三只油獾加上两棵萝卜、十几块红薯，还有两斤小米，熬了一大锅鲜汤，参加松毛岭救护的医护人员、宣传队员、伤员，一百多号人，每人都喝了一碗。后来傅雨城院长说，那锅肉汤，救活了很多人。

十一

经过大大小小几十场战斗，第三次反"围剿"取得决定性胜利。部队刚刚进入休整，就传来一个振奋人心的消息，原来在松毛岭战斗中失踪的耿天阶等人并没有牺牲，而是化装成国民党军士兵，混在追击的队伍里，潜入国民党军团部。国民党军那个团长名叫于仕伏，是耿天阶过去的老部下，耿天阶对他有知遇之恩，加之耿天阶曾经救过他的命，所以情投意合。耿天阶当了红军之后，两个人的部队几次在战场相遇，双方都尽量避免正面交锋，大家心照不宣。这次耿天阶松毛岭被困，于仕伏的部队本来受命在汀桥一线打阻击，但是于仕伏给部队出了几个战术情况，搞得风声鹤唳，部队磨磨蹭蹭到达指定位置，此时红军纵队主力赶到，耿天阶的敢死队插翅飞了出去。等部队收拢，于仕伏接到上峰电话，一阵劈头盖脸臭骂，说他消极出战，有通共嫌疑，让他把行动情况详细呈报。正在惴惴不安之际，心腹参谋陈明来报，抓住几个红军探子。到了关押的地方一看，竟是耿天阶。于仕伏又惊又喜，摆上酒席，酒酣耳热之际，于仕伏说，没有退路了，逼上梁山。耿天阶一拍脑门说，那还犹豫什么，与其坐以待毙，不如破釜沉舟。于仕伏下令，连夜把部队拉到红军根据地的边缘黄岩厝。 一路上有些官兵还在梦里，怨声载道，长官不让人活了，又去打仗。

到了黄岩厝，于仕伏把连以上军官召到团部开会，耿天阶代表红军首长讲话，欢迎六团官兵起义。 有几个反动军官提出异议，被警卫排当场缴械，有两个军官掏枪向耿天阶和于仕伏射击，被乱枪击毙。

部队是稳住了，但是潜在的危机很多，因为仓促行事，组织结构没有健全，官兵对红军缺乏了解，思想冲撞非常激烈，一支突然转向的部队，随时都有再次反水的可能。

耿天阶向于仕伏要了一匹快马，连夜驰往纵队部，向薛涛和东方广报告。 两位首长分析了情况，一方面表扬了耿天阶临机处置情况的做法，另一方面也担心这次起义胎死腹中。 商定的结果，派出距离黄岩厝最近的三团党代表洪涛，即刻出发到黄岩厝担任党代表，同时以三团主力在黄岩厝至刘湾、马岗一线布防，准备接应。

薛涛提出，尽快派出至少二十名政工干部进入六团，控制部队。 东方广想了一会儿，说出不同意的两个理由，一是六团起义思想基础不牢，马上就派政工干部，会引起更大的反弹。 二是仓促之间，也派不出二十名政工干部。 薛涛也觉得这两个理由很充分，可是，只让洪涛一个人和几个警卫员前往部队，能否控制局面，确实是个问题。 突然，薛涛一拍脑门说，有了，做策反和思想动员工作，我们有个撒手锏，宣传队啊！

东方广大喜，连说，好主意，好主意。

薛涛说，只是，任务来得急，他们能不能创作出有针对性的节目，还是未知数。

东方广说，这个我不担心，担心的是，从纵队部到黄岩厝，虽然路途并不遥远，但那是根据地和国民党统治区的交界处，敌情复杂，敌人一旦得到风声，势必加紧封锁，这一路上可能风险很大。

薛涛说，选好路线，派出一个排警卫，通知沿途部队加强警戒，保证宣传队顺利到达。

这就决定下来了。

宣传队很快接到任务，要到黄岩厝进行慰问，大家都很兴奋，做起义部队的思想工作，还是第一次。 纵队的宣传科长刘国盛亲自到宣传队布置，讲了重要意义，特别是可能会遇到的情况，又让宣传队做了应急预案，包括创作构想，路上遇到敌情的处置办法，还让各组制定了联络暗号，防止走散，便于收拢人员。

准备就绪后，宣传队就出发了，一边行军一边创作节目。 杨捷慧发动大家集思广益，针对起义官兵的思想现状，鼓励其坚定信心。 何连田讲了老家石板乡发生的一件事情，石板乡有个农民因为欠租子，给地主家顶缸，被军阀抓了壮丁，没有过门的媳妇也被人抢走了，给地主的瘸腿管家当了续弦。 几年后这个农民死里逃生回到石板乡，一把火烧了地主家的院子，带着他的媳妇远走高飞。

杨捷慧才知道，乡村过去征兵，都是用绳子捆着走，还有的是替富家子弟顶缸。 何连田讲的是发生在北伐之前的故事，杨捷慧灵机一动，将其置换在眼前，编了一个话剧，名叫《解开你的绳子》，将何连田讲的故事改头换面，将地主换成国民党联防团长，加强了夫妻恩爱、生离死别的情节，特别是妻子被抢到联防团长家里之后，宁死不嫁，并在八月十五捎信给三十里外的红军游击队，一举歼灭正在大吃大喝的联防团，夫妻双双参加红军。

纵队给宣传队选择的路线，一半山路，一半大路，三十多里路，不出意外的话，大半夜就走到了。 但是这一带同国民党统治区犬牙交错，大部队行动隐蔽性差，小部队行动，也必须格外注意。

果然，刚刚走了一半，情况来了。 原来，于仕伏团突然连夜开拔，并且电台联络突然中断，引起国民党军指挥部高度警觉，仅在于仕伏部队到达黄岩厝不到三个小时，国军就作出部署，出动三个团的兵力，向黄岩厝方向机动，同时还以一个一百多号人的别动队从山区攀岩穿插，企图到黄岩厝探听虚实，必要时直接控制于仕伏。

红军宣传队所走的路线，同国军别动队选择的路线，在一个名叫刘湾的村庄东边交会了。

护送宣传队的一个排，二十来人，只有十条汉阳造，其余的都是鸟铳和独一撅，再有就是大刀片子和红缨枪了。这在红军的队伍里，已经算好的了。刚刚过了刘湾村，前哨班突然觉得前方有动静，一队人正从山上往下跳，隐隐还能听见有人说话，快，后面跟上。前哨班长一惊，寻思不像自己人，正要喊问，那边也发现这边有人。两边的口令对不上，顿时枪声大作。

宣传队的队长郑振中没有经过这个阵势，早已乱了方寸，党代表王振寰倒是有过战斗经历，指挥警卫排迅速占领制高点，阻击敌人的进攻。

好在农历月初之夜，恰好战斗打响的地方是山路拐弯处，警卫排十几支枪封锁山路，敌人施展不开。杨捷慧一边射击一边向王振寰嚷嚷，交替掩护，边打边撤，防止敌人包抄！

自战斗打响，何连田一直跟着杨捷慧，他寻思万一有一颗子弹飞到杨捷慧的身边，他就扑上去。何连田的挑子里，有十几枚手榴弹，这下派上用场了。虽然他没有经过太多的训练，但小时候打过弹弓，加上臂力发达，一投一个准，在三四十步的距离上，能够落进人堆里开花。

杨捷慧挥着勃朗宁手枪，高兴地喊，小何，好样的，注意隐蔽！

何连田听到杨捷慧表扬，更来劲了，索性把两颗手榴弹捆在一起，在敌人接近的时候往人堆里扔。

正打得起劲，突然听到警卫排长的喊声，杨队长你们赶紧撤，敌人从左侧过来了。

杨捷慧让何连田赶紧挑起担子，何连田还不肯，杨捷慧急了，飞起一脚踢在何连田的屁股上，何连田这才一跃而起，挑起担子跟着杨捷慧飞跑。一边跑一边东张西望。

枪声越来越密集，似乎前后左右都是敌人。跑出二三百步，突然听到迎面有人喊叫，抓活的，还有女人！

杨捷慧停下步子侧耳细听，果然听见左边山坡有人惨叫，队长，杨队长，你在哪里？

杨捷慧说，坏了，是王紫蓝，这个傻丫头，喊什么喊！

何连田说，她可能落单了。

敌人发现了王紫蓝，一窝蜂拥了过去，杨捷慧抽出手枪，看准了敌人冲击的队形，伸手就是一枪，没想到枪没响，没有子弹了。杨捷慧骂了一句他妈的，想了想，问何连田，还有手榴弹吗?

何连田说,有。

杨捷慧说,去,追上去,给我扔两颗手榴弹,往敌人堆里扔。

何连田眨巴眨巴眼睛说,可是,一扔,把敌人迎来了,你咋办?

杨捷慧说,废话,叫你扔你就扔,哪来的那么多废话?

何连田说,那敢情好。

这才放下担子,从里面摸出两颗手榴弹,一手拎着一个,正要追上去,突然怔住了,原来在不远处,传来一阵丁零咣当的锣鼓声,咚咚锵,咚咚锵,咚咚咚咚咚咚锵,嘚嘚锵,嘚嘚锵,嘚嘚锵锵咚咚锵……

霎时,鼓乐齐鸣,有大鼓,有大锣,中间还穿插小锣和铜镲,整个山谷里像是掀起一场风暴,枪声都被淹没了。

杨捷慧听了听说,啊,是党代表发的信号,让同志们各自突围。小何,你还不赶快去扔手榴弹,把敌人引到这边来!

何连田说,好,那敢情好,那敢情好!

何连田说这话的时候,咬牙切齿。说完,纵身一跳,往前猛跑一阵,估摸敌人正在发蒙连续将两颗手榴弹扔了出去。

山谷里顿时喧嚣起来,敌人乱嚷嚷,在这里,东边……在这里，西边……在那边，赤匪在左边……

夜色里的山坳就像开水锅，到处都是枪声，到处都是火光，好像萤火飞舞，流星穿梭。敌人也被搞乱了，四面出击，盲目扫射。就在这乱纷纷的当口，杨捷慧带领何连田，跌跌撞撞离开了刘湾山口。

跑到一个山崖下面，发现没有人跟上来。杨捷慧让何连田隐蔽，自己查看方位，看了一会儿对何连田说，黄岩厝在南边，咱们还得往南走。

何连田说，那敢情好。

再往前走，过了一个山口，身后的枪声稀疏了。杨捷慧忧心忡忡地说，不知道老郑他们在哪里，也不知道党代表和王紫蓝他们脱险了没有。也许直接去黄岩厝了。

何连田不说话，心里想，他们不会打仗，没准这会已经牺牲了。

十二

宣传队向黄岩厝进发的时候，红军三团党代表洪涛已经先期到达起义部队，于仕伏听说红军宣传队要来，非常激动。在前几次交锋中，红军宣传队隔着阵地演节目，又唱又跳，还演话剧，让手下的官兵非常向往。 政训处主任曾经向他报告，说红军宣传队宣传赤化非常厉害，有一次一个神枪手瞄准了一个正在唱山歌的红军女演员，正要扣动扳机，被排长一脚将枪踢飞了，那个排长说，像那样的天仙一样的女子，怎么能开枪呢。 可怕的是，有这样想法的，还不是一个人。

于仕伏很快就明白了，红军长官把宣传队派到起义部队，不仅是给部队鼓舞士气，实际上也是给他吃一颗定心丸，说明对他和他的部队高看一眼。 把这支宣传队放在他的团里，如果国民党大军"围剿"，红军必将不惜一切代价援助他。

于仕伏把几个起义骨干叫到团部，介绍了洪涛的身份，大家知道了红军长官的态度，心里踏实多了，特别是听说红军的宣传队已经出发，后半夜就到，并陪伴他们到瑞金，更是兴奋异常。不到一个小时，消息就传遍了全团，很多士兵是带着梦想进入梦乡的。 就连那些暗中反对起义的军官，也感觉大势所趋，不敢公开捣乱了。

到了后半夜，情况发生了变化，刘湾方向的枪声传来，不少人以为是国民党军察觉了于仕伏起义，派来部队进剿，几个特别顽固的军官趁机煽动士兵，说国军大部队已将黄岩厝围得水泄不通，于仕伏很快就要束手就擒，弟兄们都是受于仕伏蒙蔽的，要想活命，抓住于仕伏，交给国军长官，可保加官晋爵。

谣言像潮水一样在黄岩厝漫延，阴谋很快找到了土壤。特别是二营的底层官兵，在营副高一凡的蛊惑下，本来就怀疑起义能否成功，有些根本就不想到红军队伍里受罪，这时候，墙头上的草一下子就倒向反动军官那一边了。不到一个小时，反动军官就纠集了一百多名士兵，准备哗变。

从枪声传来的那一刻起，于仕伏和洪涛也在焦灼地判断局势。洪涛分析，根据地边界距离此地，最近的也有十多公里，沿途我军民联防，明岗暗哨密布，敌人大部队行动，不可能没有一点儿蛛丝马迹。所以他判断，不是敌人大规模的"围剿"。

于仕伏焦急地说，情况不明，我们怎么办？

洪涛说，立即下令，将那些态度反动的军官严加看管，着一营营长和三连连长巡逻，做好应变准备。

二人正说着，三连连长赵广智一头冲进来报告，二营副高一凡密谋哗变，已纠集近百人，准备包围团部。

于仕伏大吃一惊，问洪涛怎么办，是否用武力平息叛乱，洪涛考虑一会儿说，既然起义，还是要争取大多数，士兵不明真相，武力平息，两败俱伤。

又问赵广智，他们在哪里？

赵广智说，刚才正在二营部串联，估计这会儿该动手了。

洪涛说，于团长，你在团部掌握情况，我到二营去，看他们想干什么！

于仕伏一把拉住洪涛说，那怎么行，要去也是我去，这是我的部队，谅他们不敢把我怎么样！

洪涛说，你是一团之长，关键时刻，还得你坐镇军中大帐。我是红军的党代表，有责任向他们宣传我党政策。

二人争执一会儿，最后还是确定洪涛前往二营，可是，此时已经迟了，反动军官高一凡已经带人将团部外面的道路封锁了。

于仕伏在前，洪涛在后，二人步履沉稳地走出团部，老远看见高一凡，于仕伏黑着脸，盯着高一凡问，你想干什么？

高一凡向于仕伏敬了个礼，不卑不亢地说，团座，我不想干什么，弟兄们就是想问问，红军说话到底算话不算话？

于仕伏还没有开口，洪涛上前一步说，这个我来回答，红军哪件事不算话？

高一凡说，起义的时候，那个耿天阶对大伙说，整建制起义，部队不散，原来营连长职务不变。

洪涛说，现在变了吗？

高一凡一怔，可是，你们把多数营长连长都集中起来看押，这是什么意思？

洪涛说，从白军到红军，有一个转变过程，从白军营连长到红军营连长，从思想到战术都要提高。集中起来不是看押，而是学习，并没有说撤职啊！

高一凡想了想说，可是，为什么把我们的枪支收缴了三分之二，这分明是不相信我们嘛。疑人不用，用人不疑，你们这样不相信我们，我们为什么要跟你们走？

洪涛说，同样的道理，不仅官长，从白军到红军，士兵也有一个改造的过程。非常时期，乃采取非常手段。收缴三分之二枪支，是为了防止意外，这是我军对起义部队的一项特殊政策。一旦确认大家思想的弯子都转过来了，枪支还会发给大家的。

高一凡挠挠头皮说，那我问你，夜里我们得到通知，你们的宣传队在天亮之前要来慰问起义部队，然后跟我们一起到瑞金。可是现在日上三竿了，还不见人影。刘湾方向传来枪声，很有可能是国民党军的进剿部队。是不是你们得到情报，把宣传队撤回了，把我们抛弃了？

洪涛盯着高一凡，狠狠地说了一句，岂有此理！我们共产党说话是算话的，据我所知，纵队宣传队连夜出发，现在还没有到，一定是出了意外。你怎么能只凭宣传队没到，就说红军抛弃了你们？

高一凡说，我们凭事实说话，宣传队是你们红军的心肝宝贝，只要他们和我们在一起，我们就放心。半夜里刘湾方向枪炮声激烈，很有可能是国民党军大兵压境，他们说来不来，不是抛弃我们是什么？啊，弟兄们你们说是不是？

队伍骚动起来，有人高喊，就是，你们根本不相信我们，收了我们的枪，就是为了把我们一网打尽。

还有人嚷嚷，你们红军言而无信，为什么一听到枪声，宣传队就跑了？

洪涛大怒，正要驳斥高一凡，忽然听到不远处一声高喊，谁说宣传队跑了，宣传队在这里！

众人定睛看去，只见团部外面几个士兵，押着杨捷慧和何连田，正向团部走来。

洪涛和于仕伏迎了上去，于仕伏问，怎么，就来你们两个人？

杨捷慧说，就是我们两个人，我们两个人也是宣传队啊！

于仕伏表情痛苦地说，可是，说好了是慰问演出，你们两个人怎么慰问啊？

杨捷慧说，我们两个照样演出，要不，我先给你们唱支歌吧。

大家都不吭气，高一凡和他的队伍面面相觑，虽然没有说什么，但是气氛明显缓和多了。

杨捷慧清清嗓子，找准调，唱了起来——

206

山上的鲜花开呀开，

工农红军进山来，

打土豪分田地，

建立红色苏维埃。

山上的鲜花开呀开，

红红的太阳升起来，

穷人过上好日子，

父老乡亲笑开怀……

杨捷慧平时不怎么唱歌，连何连田也不晓得，杨捷慧原来会唱赣南民歌，而且唱得这么好，唱得黄岩厝的风都停步了，朝霞里的树叶子一动不动，好像竖起耳朵听杨捷慧唱歌。

二营的一百多号官兵也不动了，眼睛一眨不眨，不知道他们心里在想什么。

杨捷慧唱完，高一凡觉得不妙，突然喊了一声，不行，你就拿一首歌来糊弄我们？说好了是宣传队慰问，可是你们请了一桌客，只上一个菜。

杨捷慧掠掠短发说，是的，我们是说宣传队来慰问演出，可是，在刘湾，我们遭到国民党军的偷袭，请相信我们，我们宣传队的同志一定会来的，只要他们还活着，就一定会冲破国民党军队的封锁，一定会赶过来的。

高一凡回首，问他的部下，弟兄们，你们说，我们相信不相信她的话？

众人你看我，我看你。显然，大家都没有见过这个场面，拿不定主意怎么表态。正在这时，只见场地中央闪出一道亮光，接着，几声清脆的竹板声音传出来，在团部门口回荡。

杨捷慧愣住了，她看见已经放下担子的何连田，左手举着一副黄铜一般油亮的快板，噼里啪啦打了起来。这个时候的何连田，似乎长了个头，腰杆也比往日直了许多，眼睛炯炯有神。

清脆的竹板声在山谷里回荡，看得杨捷慧眼花缭乱，心里说，真是海水不可斗量，这小何，真人不露相啊！

自家兄弟莫慌张，听我说段快板腔，千言万语说不尽，只说红军打胜仗。红军为啥打胜仗，红军白军不一样。红军打仗为信仰，国军打仗为吃粮；红军官兵亲兄弟，白军敲诈又克饷……嘟哩个当，嘟哩个当，嘟哩个当当嘟哩个当……我当红军是自愿，为了革命扛起枪；想想你们当壮丁，一根绳子来捆绑，妻离子散田荒芜，家中老母泪汪汪……嘟哩个当，嘟哩个当，嘟哩个当当嘟哩个当……娘在村口盼儿归，红军来了叫亲娘,亲娘拉着红军的手,见到我儿别开枪,我让我儿当红军,天下穷人得解放,得解放……

最初的几句,何连田并不熟练,面红耳赤,好在他没有退缩,结结巴巴讲了几句,渐渐地就找到感觉了,到了后来,还创造性地发挥了几句,让杨捷慧喜出望外,特别是结尾的部分,是在上半夜路上,杨捷慧和王振寰等人你一句我一句凑的台词,没想到何连田记性这么好,而且编在一起,很像回事。

何连田的快板打完,团部门外寂静了片刻,突然,掌声响起来了,一声,两声,接着就是一片。听着这掌声,何连田似乎有点不知所措,傻傻地向杨捷慧看了一眼,又垂下头。

杨捷慧冲了上去,一把抱住何连田,揉搓他的两只耳朵,激动地说,小何,你这孩子,可真有你的,还会来这一手。跟谁学的?

何连田老老实实地回答,跟党代表学的,可是,从来没想到会派上用场。

杨捷慧说,往后,你就不当挑夫了,我教你打快板,不,我教你写戏。

何连田说,那敢情好。

停了停又说,不,我还是当挑夫吧。

杨捷慧向四周看了看，突然把何连田的手抓住，举过头顶，对团部门口越来越多的官兵大声说，兄弟们，你们看看这只手，这是一只挑夫的手，参加红军之前，他就是一个苦力，不知道吃了多少苦。可是参加红军之后，他在我们宣传队里当挑夫，他同时也是士兵委员会的委员，所以他心情舒畅，所以他聪明伶俐，在我们红军的队伍里，任何人都能发挥他的聪明才智，任何人都有机会成为有用的人……弟兄们，铁下心来当红军吧，当一个能文能武的红军战士，你们的父母和妻子儿女，再也不希望看到你们为反动军阀帮凶了，再也不能为欺压穷人的三座大山当炮灰了，革命需要你们，红军欢迎你们，人民的苏维埃政权呼唤你们……来吧我的弟兄们！

　　本来，宣传队没有如期到达，成了高一凡等顽固军官哗变的口实，不料，受蒙蔽的官兵的心，被杨捷慧的一首歌、何连田的一段快板，弄得五迷三道，特别是杨捷慧最后一段即兴演讲，声情并茂，起到了明显的转化作用，连高一凡似乎都被打动了，一言不发地看着于仕伏，突然拔出手枪，对准自己的脑袋。旁边的两个士兵眼疾手快，冲上去将高一凡摁住，缴了他的枪交给于仕伏。于仕伏掂掂手枪，又把它扔给高一凡，于仕伏对高一凡说，人各有志，我不强求你，看在你我兄弟一场，我不为难你，你走你的阳关道，我过我的独木桥。

但是高一凡最终没有走，没有人知道为什么。

十三

刘湾遭遇战，宣传队牺牲了一名小号手，一名粤剧演员，这是宣传队组建以来第一次死人。 王振寰在战斗中负伤，胳膊骨折。 当时王紫蓝和秦文都跟警卫排行动，一名战士被敌人的子弹打中头部，脑浆喷到王紫蓝和秦文的身上，王紫蓝只是尖叫了一阵，过后就好了，秦文却真的被吓傻了，直到返回驻地，还经常做噩梦。

何连田在黄岩厝出其不意地露了一手，让宣传队的人刮目相看，自不必说。 给宣传队带来更大的惊喜是，通过黄岩厝事件，纵队更加认识到宣传队的作用，给宣传队补充了两名队员，一个拉京胡的老兵，名字叫邓金湖，参军之前也在戏班子混过，跟郑振中很对脾气。 还有一个女子，名字叫李璐，是个资本家的小姐，因为逃婚误打误撞来到红军队伍，据说是教化学的。 但是很快，王紫蓝就和李璐打得火热，起因是王紫蓝手里有一架手风琴，在会宁休整的时候，王紫蓝经常抱着手风琴，坐在村头的大榕树下发呆，有一次，王紫蓝折腾手风琴的时候，李璐从大榕树旁边路过，奇怪地问王紫蓝，你拉的是什么？ 王紫蓝回答说，我也不知道拉的是什么。 李璐问，难道你不会拉？ 王紫蓝回答说，我当然不会拉。 难道你会拉？ 李璐说，我也不会，但是我知道你把琴拿反了。

后来李璐就把手风琴接过来，数了数黑白键盘，又拉了两下，七比画八比画，找到了音阶窍门，渐渐有了章法，就像一支曲子了。

王紫蓝就从这天开始，对李璐崇拜得五体投地，口口声声喊师傅，端茶倒水殷勤备至。 李璐话不多，对王紫蓝的殷勤，既不客气，也不拒绝。 后来，不知道从哪里搞到一本手风琴曲谱，王紫蓝根本看不懂，而到了李璐的手里，就成了宝贝，那些天，宣传队驻地外面的大槐树下，经常响起手风琴的旋律。

第四次反"围剿"之前，东方广带着刘国盛和方圆来到宣传队，宣布宣传队改名为"红霞剧社"，和纵队《红霞报》统一归纵队宣传部刘国盛部长领导。 方圆是《红霞报》的记者，以后，凡有重大任务，方圆随红霞剧社行动，进行现场采访，也可以参与创作，算红霞剧社的半个人。 这样一来，红霞剧社就由原来的二十个人变成了二十一个半人。

开了一个会，东方广和刘国盛就走了，把方圆留在红霞剧社。 那天中午吃饭，何连田发现多了一张面孔，而且是他熟悉的面孔，蓦然想起，这是新惠方老板的闺女，那次到新惠还钱，他跟方圆打过照面，因为当时情况紧急，没来得及多想。现在闲下来了再看见这张脸，想起了一桩往事，何连田的心跳忽地加快了，脸涨得通红，连饭都没有吃好，就放下碗匆匆溜出去了，挑起水桶，坐在河边发呆。

是的，这个女子跟他有关系，啥关系呢，啥关系也没有，可是，他就是因为这个女子才被战斗连队淘汰了，来到宣传队，当了一名挑夫。这回，在一个锅里吃饭了，他的心里有一种莫名的紧张。至于紧张什么，他说不清楚。

方圆来到红霞剧社，带来了很多新奇的东西，她对什么都好奇，过去的事情她也兴致勃勃地采访，寻根问底，譬如松毛岭战斗、黄岩厝平叛。让何连田始料不及的是，方圆到达的当天晚上，还专门找他，开门见山地说，小何你为啥躲着我？咱俩是老相识了，那次你到新惠还款，是我和我爹帮你封的大洋。忘了？

何连田心里慌得很，他当然没有忘记。他更在意的是，她知道不知道他曾经偷看她洗澡？不知道怎么了，何连田怕她知道那件事情，又希望她知道那件事情。

何连田说，我记得，可是……

方圆说，别可是了，黄岩厝平叛，宣传队主力被打散了，就你和杨队长两个人演了一台戏，稳住了起义部队，了不起啊，我要采访你，写一篇文章《从挑夫到文艺战士》。

何连田张口结舌地说，啊，写我？ 那敢情好。 不，那敢情不好，我没啥可写的，你写杨队长吧。

方圆说，杨队长我当然要写，你们两个人都是主角。 哎小何，你的脸怎么这么红，你发烧了吗？

何连田支支吾吾地说，不是，天太热。

方圆奇怪地说，天热？ 这都快下雪了，我冻得手冰凉，你还热？

说完，拉起何连田的手，惊叹，啊，你真的很热。

那一瞬间，何连田的血一下子冲到脑门。 长这么大，他还是第一次被一个女子拉手，况且，这女子还是读过洋学堂的天仙一样俊俏的女子；况且，这女子还是他偷看过身体的女子……何连田不知道那天他是怎么离开方圆的，他差点儿晕了过去。

那天夜里，何连田做了一个梦，梦中的太阳暖洋洋的，太阳下面鲜花盛开，鲜花瓣上飘荡着白色的水雾，水雾下面隐隐升起一个一丝不挂的女子，女子雪白的胸脯上，绽开两颗鲜红的樱桃……何连田大叫一声，醒了，睁开眼睛四下看看，漆黑一团。很久之后他才回过神来，下身已是一片狼藉，好在，自从富田战斗之后，大家都有内裤了。

往后的几天，何连田心更虚了，老远遇上方圆，做贼似的匆匆溜开，可是溜开之后，又想回头看看——后来何连田曾无数次回想，当初在新惠温泉边上，他到底看到她什么了，其实什么都没有看见，因为温泉水温很高，白雾笼罩，他根本不可能看见什么。要说看见什么了，那不是眼睛看见的，是心里看见的。

方圆参加红霞剧社生活，一连写了几篇文章，发表在《红霞报》上，其中一篇就是《从挑夫到文艺战士》，油印的报纸到了何连田的手里，里面有一大半字他不认识，但还是看懂了，文章把他写成"从战争中学习战争"的楷模，他知道这是好话，心里对方圆又多了些亲近，差点儿就把她和杨捷慧放在一起比较了。当然，在何连田的心里，方圆和杨捷慧永远都是不一样的，他把杨捷慧看得像菩萨一样，而对方圆，却是一种又远又近、说不清楚、看不明白、割舍不下的关系。

过了些日子，纵队下了一个通知，红霞剧社全体人员一锅端，进入苏区高尔基戏剧学校学习，在杨捷慧的坚持下，何连田也成了一名学员。本来，纵队要求《红霞报》的两个人同红霞剧社一起住校，但是马德借口到前线采访，一头扎进二支队，死活不回来，只有方圆一个人参加了学习。

前两天来上课的老师，都是早就闻名的大首长，讲文艺的基本原理，讲文艺同革命战争的关系。到了第三天，开始戏剧专业授课，来了一个主讲教官，头发有点长，虽然红军军装不太合体，但是因为个子高，看起来还是风度翩翩。

教官讲的第一课是"舞台空间与时间设计"，很多人反映听不懂。何连田老是觉得这个人面熟，后来终于想起来了，课间休息的时候，何连田对杨捷慧说，反动派，这个教官是反动派。杨捷慧笑笑，没有吭气，原来这个教官就是在黄岩厝组织哗变的反动军官高一凡。

不光何连田认出了高一凡，很多人都认出来了，所以到了第二堂课，秩序就乱了，高一凡在上面讲，下面就在嚷嚷，反动军官滚出去，老子凭什么听你的？还有人说，狗教官不安好心，讲的根本听不懂。高一凡起先还能沉得住气，不管下面怎么起哄，依然我行我素，在黑板上画示意图，可是画着画着手就抖了，把粉笔往地上一扔，走了。

事情闹大了，一直闹到苏维埃教育部长瞿秋白那里。瞿部长来到高尔基戏剧学校，把大家集合起来训了一顿。瞿部长说，听不懂，可以慢慢听。目前你们需要掌握戏剧基础知识，高一凡同志是在国外学过戏剧的，他的专业知识，不仅编剧需要，导演需要，舞台美术设计需要，演员也需要。他过去是白军军官，但是现在起义了，就是同志，到这里上课，就是老师，他是替红军做事的，你们歧视他，不尊重他，这是不对的。你们不要他教，就没有教员，没有教员的学校只好散伙，散伙就只好请你们收拾包袱回家，学校只好关门……这次把各个纵队剧社的同志集中起

216

来学习，机会难得，你们要珍惜，首先就要珍惜教员。 革命不分先后，有志者殊途同归……

瞿部长的这番话，何连田似懂非懂。 讨论的时候，杨捷慧说，首长的话语重心长，这是为了革命文艺的长远发展，所以我们应该摒弃前嫌，尊重高教官。

杨捷慧的话何连田同样似懂非懂，但是，有一个道理他明白，听杨捷慧的话，没错。 这一个月，何连田学到了很多东西，不光学会了皮笑肉不笑，还学会了说话——那不是一般的说话，是用气说话，运气、提气、取气、歇气、换气、偷气……渐渐地，大家都服气了，那个国民党教官高一凡，当真是个大才子，好像什么都会。

大家对高一凡由过去的排斥到敬重，见面主动敬礼，但是高一凡还是不冷不热的，好像有点不食人间烟火。 郑振中就在背后骂过，他妈的到底是反动派，他要不是资本家出身，他哪有钱出国留学，没有出国留学，他有这么大的本事吗？

杨捷慧说，老郑你不能这么说，但凡有本事的人，都清高，相处久了，就好了。

又说，以后如果有机会，请高教员到我们红霞剧社，给我们全面指导一下，那就太好了。

虽然大家对高一凡不像过去那样排斥了，但是，尊重归尊重，多数人对他还是敬而远之，只有方圆，似乎对这个人特别感兴趣，讨论的时候说，高教官这个人，太不一般了，超凡脱俗，卓尔不群，风流倜傥，宠辱不惊……

方圆讲的话，何连田很听不懂，但是方圆讲这话的时候，他从方圆的眼睛里，看到了一种特别刺眼的光波，这使他的心里很不舒服，甚至痛苦。

更让他不舒服的是，高一凡对别人的态度都是不冷不热，唯独对方圆，好像客气得多。上课的时候，方圆最爱提问，什么戏剧结构啦，什么艺术规律啦，什么舞台造型啦……这些东西何连田很陌生。然后高一凡就耐心地讲解，戏剧结构要有矛盾冲突，冲突了之后要化解，戏剧故事就是不断地冲突不断地化解……高一凡讲解的时候，他的脸是温和的，微笑的，文质彬彬的，那张温和的脸主要是冲着方圆的。

何连田那段时间神情恍惚，学习成绩始终没有上去，连杨捷慧都发现了他的异常，有一次关切地问，怎么啦，你的脸色这么差，上课还老犯困，是不是病了？

何连田吓了一跳，支吾说，不是，学问太深了，跟不上趟。

杨捷慧哦了一声说，难怪，你只有半年私塾的底子。

戏剧学校设在一个逃亡地主的大院里，二进的院落，学校的首长和教官住在里面，学员住在外面。院子外面，是庄园的护城河，白天可以看见树林掩映的亭子。 有一天晚上站岗，何连田突然发现，方圆从宿舍出来了，不一会儿，高一凡也从里面的院子里出来了，二人走的是一条路，走进了树林。 何连田在哨位上待了半个时辰，终于忍不住了，鬼使神差地也走上了那条路，一路上都在想，也许这不是真的，也许是见到鬼了。 那天是农历十六，月亮很大很亮，果然，月光下面，他看见了他最不愿意看见的一幕——一个人影扑向另一个人影，两个人影抱在一起，又倏然松开，再抱在一起，再分开……何连田的脑袋涨大了，眼前直冒金星。 那边好像还说着什么，可是他一点儿都听不见了，他的耳朵嗡嗡直响，像是钻进无数只虫子。 他看见了奇奇怪怪的腿，奇奇怪怪的手，奇奇怪怪的腿和奇奇怪怪的手……他差点儿就举起了汉阳造，差点儿就拉开了枪栓，差点儿就扣动了扳机，可是，他什么也没有做，而是跟跟跄跄地回到哨位上，听耳朵里面的虫子刮风下雨一般叫个不停。

这个夜晚的月亮，被何连田记了一辈子。

十四

原先计划，学习时间是两个月，但是只过了一个多月，一道命令下来，各个纵队的剧社紧急回到部队。

情况来得突然，大家都觉得意外，只有何连田在心里发出一声欢呼，那敢情好，赶紧离开这个鬼地方。

没想到，离开这个鬼地方之后，发生了一串接着一串极具戏剧性的事情。

红霞剧社接到任务，是到登仙桥开展火线文艺攻势。在第三次反"围剿"战斗之前，登仙桥一带还属于国民党统治区，一场攻防战斗打下来，国民党军不仅没有向前推进，反而被红军一举拿下了登仙桥主阵地。更让国军指挥官恼火的是，红军占领了登仙桥主阵地，就再也不走了，因为这个营的营长是邹成卓。邹成卓当年是黄埔军校的高才生，因为想定作业神出鬼没受到教官东方广的器重，后来跟随东方广参加南昌起义，打了很多漂亮仗。这个人和耿天阶一样，职务也是上上下下，跟耿天阶不一样的是，耿天阶职务起落是因为打兵，而他的毛病则是骄傲，目中无人。当然，骄傲有骄傲的资本，这个人打仗确实有两下子。

两个月前打下登仙桥，薛涛司令员给他的任务是打下了就走，因为南侧易攻难守。邹成卓一登上主阵地，举起望远镜看了不到十分钟就说，这回来，老子就不走了。他指挥两个连队，用了一个月的时间，做了个暗活，把左边的一条不到三十米宽的小河掘开，河水进到右边的山谷里，形成了一个葫芦形水泊，从而使防御正面缩小到不到一百米宽，而且地形居高临下，可以进退

220

自如。 一个小小的地形改造，使登仙桥整个防御体系发生了变化，由易攻难守成为易守难攻。

这样一个战略要地被红军占据，国民党军当然不干，所以在其他战场都消停的时候，登仙桥仍然天天枪炮不断。 国民党军累次增兵，从两个团到两个旅，一直没有拿下。 也正因为有这样一个战场，当初马德没有到戏剧学校，而是死乞白赖地来到登仙桥，决定在这里大展身手。

邹成卓很快就面临挑战，因为到了秋末冬初，他的葫芦形水泊眼看着干涸，右翼的防御明显薄弱。 纵队决定撤出登仙桥阵地，邹成卓舍不得，制订了一个假退真进的作战方案，准备诱敌深入，就在葫芦形水泊的前端，布置一个口袋，伏击敌人进攻部队。 邹成卓向纵队表态，打完这一仗，能守就守，不能守就撤。纵队考虑，如果能消灭敌人一个团的有生力量，即可对敌更大规模的"围剿"构成钳制，此举将为反"围剿"奠定坚实的基础。

双方都在厉兵秣马，一场大战即将拉开。 红霞剧社就是在这样的背景下被调到登仙桥主战场，连续为部队演出三场，并且到前沿阵地，向国民党军喊话，策应国民党军一个连拖枪起义。

原计划红霞剧社演出结束后即返回纵队，但是战局突变，登仙桥战斗于腊月十七打响，这个时候，防御部队再也派不出兵力护送红霞剧社了。

经过请示，纵队批准红霞剧社留在登仙桥，同邹成卓部队一起战斗，同时，指挥一支队耿天阶团，迅速进入第二道防线，同邹成卓部队形成掎角之势。

第一阶段，敌人未能突破防线。到了腊月二十六，国民党军不仅出动了坦克，还调来了飞机，对登仙桥一带进行狂轰滥炸，战斗中，邹成卓部队损失惨重，营党代表牺牲，连以下干部损失过半。马德向纵队请求，担任邹成卓营党代表，带领一个排迂回敌后，偷袭敌人团部。这一仗，打得昏天黑地，马德等人在后撤中同敌人一个连遭遇，子弹打光了，展开肉搏战，马德的肠子被打出来了，已经不打算活着回来了，幸亏耿天阶的援兵及时赶到。马德被抬到登仙桥阵地救护所，没想到睁开眼睛第一眼看到的竟是杨捷慧。马德说，杨队长，我不是跟你赌气，我确实是想真枪真刀打一仗啊！

杨捷慧说，老马，我知道你是好样的，可是，你确实也有赌气的成分。

马德笑笑说，你说得对，可是，我再也不会跟你赌气了……马德话还没有说完，就昏迷了。

纵队医院的傅雨城院长亲自给马德做的手术，他的得意门生王紫蓝守了他两天两夜，一滴一滴往他嘴里灌热米汤。到了第二天后半夜，王紫蓝突然冲出救护所，号啕大哭。杨捷慧等人奔过去问她怎么啦，王紫蓝泣不成声，断断续续地说，放屁，放屁，他放屁了!

马德活过来了。

登仙桥最终没能守住，不是邹成卓的战术出了问题，而是因为国民党军更大规模的"围剿"开始了，红军受到来自多方面的压力。

前四次"围剿"，红军采取的是灵活机动的战术，游击战和运动战相结合，敌进我退，敌退我进，敌疲我打，敌住我扰。红军以少胜多，打了不少胜仗。后来国民党军改变战术，构筑碉堡，步步为营，蚕食根据地。这时候，红军高层来了个外国指挥官，机械教条，跟国民党军硬碰硬，用一位军团首长的话说，叫花子和阎王爷比宝，崽卖爷田不心疼……打到最后，只能进行战略转移了。

薛涛纵队打得最惨烈的战斗是强渡元江，四千多人马，几十挑辎重，拥挤在南岸，三百多米宽的江面上，只有十几只木船，上面有国民党的飞机，地下有几万军队的围追堵截，耿天阶和于仕伏各率自己的部队浴血奋战，掩护主力渡河，打了一天一夜，两个团均伤亡过半，耿天阶被打断一只胳膊。

主力全部渡江之后，南岸的阻击战还没有结束。七百多名轻重伤员留在南岸，无法安置。东方广带领一支民工队，挑着两千多块大洋，赶到伤员自己搭建的救护所，传达前委指示，成立留守游击队，自愿加入游击队的，每名伤员发给大洋三块。不愿参加游击队的，发给大洋五块，自寻生路。

东方广把话说完，部队哭声震天。东方广代表前委任命耿天阶为留守游击支队支队长，然后问耿天阶有什么要求，耿天阶想了想说，首长，请纵队红霞剧社来给咱们演一场戏吧。

东方广沉思片刻说，红霞剧社已经渡江了，来回折腾不容易。你还有别的要求吗？

耿天阶仰起脑袋，往天上看了许久，两行热泪滚滚而下。耿天阶说，没有了，你们走吧，首长保重！

东方广挥泪告别耿天阶，乘坐最后一只木船，驶向北岸。

令耿天阶等人始料不及的是，就在分手的第三天，当这七百名伤员转移到上游洗马堰镇的时候，从队伍一侧追上来一个蓬头垢面的女人，耿天阶亲自盘问，居然是红霞剧社的杨捷慧。杨捷慧告诉耿天阶，东方广传达了留守支队的最后请求，红霞剧社一片请战声，纵队首长终于答应，让红霞剧社化整为零，渡江返回，为留守支队演出一场。

杨捷慧说话间，又有几个叫花子找到了驻地，把脸一洗，都是红霞剧社的社员。果然，几天之后，红霞剧社二十名社员，除了一个吹笛子的男同志牺牲，秦文失踪，其余十八名社员陆续会合了。 下山之前，红霞剧社为留守支队做告别演出，节目是老节目《里应外合》，演员却有一半是新的，当年马德担任的角色，由郑振中顶替，当年演红军游击队长的就是那位牺牲了的吹笛子的同志，他的角色由何连田顶替。 那场演出，把留守支队的血煮烫了，演出结束后，战士们振臂高呼口号，在赣南和闽西交界的地方，一片浓密的山林里向上升腾着势不可挡的豪气。

当天夜里，耿天阶带领七百多名伤员，离开库容镇，踏进赣南绵长的大山里，开始了漫长的游击战争，史称南方三年游击战争。

后　记

一九三五年正月，贵州省黎平境内，一支衣衫褴褛的队伍冒着风雪在崎岖的山路上顽强地跋涉，他们不知道走向哪里，不知道路有多长，也不知道前面还有更大的风雪在等着他们。 他们只知道，他们在做一件事情，追赶已经实现战略转移的红军主力。

何连田挑着担子，走在队伍的前面，偶尔歇脚，回头看着担架上身体十分虚弱的高一凡，看着高一凡身边寸步不离的方圆，百感交集。 他至今也不知道，在高尔基戏剧学校那个夜晚，那片月光下面，那个白柱红顶的亭子里面，到底发生了什么。 同样，他也不知道，他们脚下正在走的这条路，以后会被称为长征路，又名地球上的红飘带。